「ダレインワルド伯爵家当主としても、クリスティーナの祖父としても貴公らには感謝している」
「勿体なきお言葉……と本来は言うんでしょうが、正直かなり大変ではありましたね、ええ」
俺は俺達がどうやってクリスの身を守ってきたのかをできるだけ詳細にダレインワルド伯爵に話した。
「ふむ、クリスティーナが貴公らと出会ったのは本当に幸運なことであったな」
アブラハム・ダレインワルド
Abraham Dareinwald
クリス
chris
ミミ
mimi
エルマ
elma

目覚めたら最強装備と宇宙船持ちだったので、一戸建て目指して傭兵として自由に生きたい 4
メイ
mei
ヒロ
hiro
メイのアップグレードのため、
オリエント・インダストリーの
工房を目指すヒロだったが……
なんというか、一言で言えば
物凄く退廃的……とはちょっと違うか。
率直に言っていかがわしい空間であった。
ちらりと覗いた路地の奥では
様々な格好をした
見目の麗しい女性型アンドロイドが
客引きのようなことをしていた。
「何かおかしいでしょうか？」
「いや、うん。気にしないでくれ」

リュート

皿 鍋島テツヒロ

目覚めたら最強装備と宇宙船持ちだったので、一戸建て目指して傭兵として自由に生きたい

4

口絵・本文イラスト
鍋島 テツヒロ

装丁
coil

CONTENTS

プロローグ

誰《だれ》かの息遣いを感じて目が覚めた。

だが、意識はまだ微睡《まどろ》みに沈んでいる。

柔らかなベッド。暖かく、肌触りの良いシーツの感触。俺の頬《ほお》を撫《な》でる誰かの手。俺は半ば無意識に頬を撫でる誰かの手を手繰り寄せる。

「あっ……」

戸惑うような声。だが、俺はそれに構わずにその誰かを抱きしめた。温かな体温と、ミルクのような微《かす》かな甘い香り。

抗議の声を上げるでもなく、黙って俺に抱きしめられている女性について考える。うん、女性だろう。俺以外に男は居ないし。ミミ、ではないな。圧倒的なボリュームの対艦ミサイルの感触がない。エルマでもないだろう。彼女は細いが、ここまで華奢《きゃしゃ》な体躯《たいく》ではない。無論、メイドロイドのメイでもないな。と、なると……？

目を開けると、目の前には顔を赤くした黒髪の少女の顔があった。オニキスのように輝く瞳《ひとみ》が熱を帯びて揺れている。

「……おはよう、クリス」

「……おはようございます、ヒロ様」

なんとなく目が逸《そ》らし難く感じられ、俺達は暫《しばら》くの間ベッドの中で見つめ合うのであった。

☆★☆

「あんたねぇ……」

銀糸のように美しい髪の毛を肩口まで伸ばした美女が低い声で唸《うな》る。翡翠《ひすい》のように煌《きら》めく瞳を持つ目は視線の先に居る俺達を咎《とが》めるように細められ、艶《つや》のある唇は不機嫌そうに歪《ゆが》められていた。

「添い寝、添い寝しただけだから。何もしてないから」

「そ、そうです！　ほんとうですよ！」

運が悪かったのだろう。いや、迂闊《うかつ》だったのか？　俺は朝っぱら——宇宙空間なので正確な表現とは言えないが——からエルマに咎めるような視線を向けられていた。俺の部屋からクリスと二人で出てくるところを目撃されてしまったのである。

「まぁ、当のクリスが言うなら本当なんだろうけど……」

そう言ってエルマが俺とクリスの頭のてっぺんからつま先まで視線を巡らせる。銀色の髪からぴょこんと横に突き出ている笹穂《ささほ》のように尖《とが》った耳は何かを探るようにピコピコと上下に動いていた。

無実、無実です。下世話な話だけど、本当にそんなことをしてたらクリスは多分こんな風に立ってられないですから。サイズ的な問題で。

「ヒロもだけど、クリスも自重しなさいよ？　貴女《あなた》の行動一つで貴女だけでなく、多くの人に影響を及ぼすことになるんだからね。貴女に流れる血ってのはそういうものでしょう？」

「はい……」

エルマの説教にクリスもシュンとなって俯《うつむ》いてしまう。

クリスに流れる血というのはつまり、彼女クリスティーナ・ダレインワルドに流れるダレインワルド伯爵家直系の血——つまり帝国貴族の血ということである。

彼女の両親はダレインワルド伯爵家の後継者の座を奪わんとする叔父《おじ》の手にかかって命を落とし、彼女自身もまた叔父の刺客に命を狙《ねら》われる身だ。

とりあえずの刺客は退けたが、まだまだ安心できる段階ではない。これまでの貸しを盾にセレナ少佐の対宙賊独立艦隊の作戦行動に同行させてもらうことに成功し、かの艦隊を擬似的な護衛とすることはできたが、さて。

追い詰められたクリスの叔父上がどのような行動に出るか。それが問題だな。

「ま、まぁまぁ、エルマさん。それくらいで……」

そう言ってライトブラウンの髪の毛の女の子——ミミが俺とクリスを庇《かば》ってくれる。しかし、その瞬間エルマの鋭い視線がジロリとミミへと向けられた。

「ミーミー？　昨日《きのう》、クリスは貴女のところで寝るはずだったわよねー？」

「うあぁぁぁ、おえんらはいー」

エルマがミミのぷにぷにのほっぺたを両手でつまみ、ぐにぐにと動かし始める。つまり昨夜俺の部屋にクリスが訪れ、結果として朝まで一緒に過ごすことになったのはミミの手引きがあってのことというわけだな。

「まぁまぁ、それくらいで……結果的に何もなかったんだからよしとしようじゃないか」

エルマに『お前がそれを言うのか？』という目で睨《にら》まれたが、俺は気にしない。気にしないったら気にしない。それよりもミミを解放してあげなされ。涙目になってるじゃないか。

「はぁ……まぁ良いわ。これ以上くどくどとは言わないけど、気をつけなさいよ？」

「イエスマム！」

「はい」

俺はエルマに敬礼を返し、クリスも素直に頷《うなず》いた。とりあえずは身支度を整えて朝食にしようか。

今日の日替わりメニューは何かな？

#1：新しいクルーはメイドロボ

「リゾートも良かったが、やっぱりクリシュナで過ごすのが一番落ち着くなぁ」

『そう？』

ここには居ないエルマの声がコックピットのスピーカー越しに聞こえてくる。

「こう、実家のような安心感というか」

『私も同じような感じです。こう、単純に安全だなぁって感じられて穏やかな気分になります』

「クリスにはちょっと窮屈だろうけどな」

『そうですね、やっぱりちょっと窮屈に感じます』

セレナ少佐に話をつけた翌日。俺達の乗るクリシュナは無事護衛対象こと宙賊に対する『生き餌役』の民間輸送船ペリカンⅣと合流してその護衛任務に就いていた。

護衛任務と言ってもその内容は気楽なものだ。超光速ドライブで星系内を不審に思われない範囲でウロウロしたり、一つ隣の星系にある交易ステーションや資源採掘ステーションを順にぐるぐると回るだけである。時に補給や積荷の積み下ろしの関係でペリカンⅣが長期停泊する時にはもう一隻の『護衛対象』であるフライングトータスのほうに随伴すれば良いらしい。

まぁ、いつ何時宙賊に襲われるかわからないのだから、あまり気を抜きすぎるのも良くないけれどもね。クリスの叔父の手の者が襲撃してくる可能性もあるわけだし。

とはいえ、四六時中全員で警戒に当たるのも疲れるだけなので、今は俺とエルマが交代でコックピットに座り、警戒しつつペリカンⅣを護衛するということにしている。今の時間は俺一人でコックピットで警戒中で、他の皆は食堂で休憩だ。皆と言っても、クリシュナの正式なクルーは俺とミミとエルマの三人だけで、クリスは護衛対象だしもう一人は――。

「ご主人様、飲み物をお持ち致しました」

そう言いながら飲み物を用意してきてくれたメイドロイドのメイがコックピットに入ってきた。ホワイトブリムで飾られた艶やかな黒髪ロングのストレート。スカートの丈が膝下《ひざした》まであるクラシカルなメイド服。そして若干感情の乏しいクールな美貌《びぼう》に赤いフレームの伊達眼鏡《だてめがね》がよく映えている。実にパーフェクトだ。

彼女が今この船に乗っている最後の一人である。

「ありがとう」

俺はドリンクを受け取り、手の届く範囲にグラビティスフィア――無駄にハイテクな空間固定式の球形ドリンクボトル――を固定する。

「すまないな、できれば一刻も早くメイをアップグレードしてやりたいんだが」

「はい。いいえ、お気になさらず。何よりもご主人様達の身の安全を一番優先すべきです。それに、戦闘や複雑な計算を行わないのであれば、現状のボディでも十分な性能を発揮できますので」

「そうか。確かにミロは多少性能が落ちるとか言ってたけど、俺には違いがわからないものな」

「はい。日常的なサポートであればさほど問題はありません」

そう言って立ったままこちらに視線を向けてくるメイは設定通りに無表情だ。感情値をほぼ最低値にしたのは折角のロボ娘なんだからその個性を消すような真似《まね》はしとうない、という完全に俺のエゴというか趣味によるものだったのだが、当人としてはどう思っているのだろうか？　ちょっと聞くのが怖い。

「あれだぞ、アップグレードする時に初期設定から何か変えたい部分があったりするなら言ってくれて良いからな。予算に関してはメイをもう何体か買ってしまえるくらいにまだ余裕はあるわけだし、遠慮なんて要らないから」

「はい。いいえ、ご主人様。私はご主人様が創ってくださった設定に一切不満はありません。ですが、ありがとうございます。もし自分で何か変更したい箇所があった場合はご相談させていただきます」

「ああ、そうしてくれ」

そんな会話をしながら警護を続ける。まぁ、警護とは言っても今は輸送船と速度を同期して超光速ドライブで船を走らせているだけだから、特にやることはないんだけどな。不意のインターディクト――超光速航行状態の強制停止――に備えて超光速ドライブ中でも使える複合センサーの反応に注意するくらいで。

この複合センサーは他の宇宙船や小惑星が存在することによって発生する重力振動や、超光速ドライブやハイパードライブ使用時に発生する亜空間振動、それに亜空間を移動する際に発生する航跡などを感知して視覚化する代物であるらしい。

勉強したミミが一生懸命説明してくれたが、その理屈は半分どころか四分の一も理解できなかった。とにかく超光速ドライブやハイパードライブを使用している時でもレーダーのように使える凄《すご》いセンサーということだな。うん。

超光速ドライブを使った超光速航行と一口に言っても、その速さには船によってどうしても差が出る。ごくシンプルに言えば、デカい船は超光速航行と言っても本当に光速を少し上回るくらいから精々二倍か三倍くらいまでしか速度が出なかったりするし、逆に小型の高速艇だと光速の十倍以上、速い船だと二十倍以上のスピードが出たりする。

そんなに速く動いたらウラシマ効果とかそういうのはどうなっているのかって？　俺にはイマイチ理解が及ばなかったが、超光速ドライブもハイパードライブも時間の流れが異なる亜空間に片足を突っ込む、あるいは完全に亜空間内を航行することによって相対性理論の軛《くびき》から逃れるとかなんとか……悪いが俺はそういう高尚な物理学とかの話はさっぱりわからねぇんだ。ＦＴＬ（超光速）技術を完全に理解するには俺の脳のスペックは絶望的に足りていないらしい。単に興味がないだけとも言えるのかもしれないが。

こんなもんは使えれば良いんだよ、使えれば。元の世界でだってパソコンやスマホの仕組みなんて全く理解していなくても何の問題も無かったんだからな。似たようなもんだ。

「しかし昨日の今日だと何もないか」

「はい。そのようですね。宙賊も一気に数を減らして再編成を強いられているのではないでしょうか」

「二百隻近く撃破したらしいからなぁ」

宙賊達のシエラⅢへの襲撃は今までに例を見ない規模のものであった。しかし、最終的にはシエラⅢの防衛システムが息を吹き返して強烈な巻き返しを行った上、更にセレナ少佐率いる対宙賊独立艦隊の介入もあり、宙賊は大損害を被ったというわけだ。

「よほどのトラブルが起きない限りは平和に過ごせそうだ」

もしペリカンⅣに宙賊が襲いかかってきた場合でも二分から三分ほどの短時間でセレナ少佐率いる対宙賊独立艦隊が駆けつけてくるという話なので、クリシュナはその時間を稼ぎさえすれば良い。宙賊から見ればペリカンⅣは護衛が一隻しかついていない美味《おい》しい獲物なんだろうが、実際に襲うと軍用艦に包囲された上で殲滅《せんめつ》されるという悪夢のような罠《わな》である。一体誰《だれ》だ、こんな酷《ひど》い罠の張り方をセレナ少佐に教えたのは。絶対に根性のひん曲がっている陰険な奴《やつ》に違いない。

まぁ俺なんだけどね。汚いは褒め言葉だ。特に宙賊みたいな宇宙のゴミからかけられるのはな。

「ご主人様は帝国航宙軍にもコネクションをお持ちなのですね」

「そうだな。まぁ、縁と言っても奇縁というかなんというか」

セレナ少佐と俺との関係は？　というとなかなかに複雑な関係だ。一言で言ってしまえば赤の他人なのだが、何かと縁がある。このだだっ広い宇宙で行き先がこうも被《かぶ》るというのはもはや運命的と言っても良いのかもしれない。

セレナ少佐は金髪紅眼の超絶美人さんで、ホールズ侯爵家のご令嬢で、しかも若くして帝国航宙軍の少佐という完璧《かんぺき》超人みたいな人だ。しかも一皮剥《ひとかわむ》けばちょっと酒癖が悪く、寂しがり屋で隙が多いというギャップ萌《も》え要素まで完備している。

しかし、彼女は侯爵令嬢である。場合が場合なら『姫』と呼ばれてもおかしくないようなやんごとなきお方なのである。親密になりすぎるのは柵《しがらみ》で雁字搦《がんじがら》めフラグ以外の何物でもない。まず間違いなく自由気ままな傭兵《ようへい》稼業とは縁を切ることになるであろう。

なので、彼女とは極力ビジネスライクな付き合いをすることに決めている。どんなに隙を見せられようが絶対にノータッチだ。

「それに、この船――クリシュナも見たことのない形式の船です」

「あー、この船はなぁちょっと事情がなぁ」

「ご主人様のことを知りたいです」

「うーん……そうだな」

どこまで話したら良いものか。このクリシュナの出どころに関しては俺も上手《うま》い説明ができそうにないんだよな。いつの間にかこの世界にクリシュナと一緒に放り出されてました、なんて話をしても正気を疑われるだけであろう。

それに、俺のことを包み隠さず話すというのは色々と憚《はばか》られる内容が多いものである。知的好奇心の塊であると考えられる機械知性に俺のことを話すというのはいかにも危険な気がしてならない。

「ご主人様、私の情報セキュリティは完璧――とまでは言いませんが、非常に高度です」

「お、おう?」

「私のメモリにある情報は誓って私だけのものです。無論、世間話程度に情報交換をすることはありますが、ご主人様の秘密を誰かに、何かに明け渡すようなことは決してございません」

そう言って俺を見るメイの視線には断固とした意志のようなものが感じられた。

隠したい秘密があるなら秘密を知る者を増やさないようにするのが一番だ。秘密を知る者が多ければ多いほど漏洩《ろうえい》のリスクは高まるのだから。その点で考えるとメイには秘密を明かさないのが良いだろう。

だが、メイが仕様通りのボディを得れば彼女の電子戦、情報戦能力は飛躍的に上昇する予定だ。今後、クリシュナやそのクルー達の情報を守るための要《かなめ》となる存在となることは明らかである。

ならば、彼女には事情を知ってもらっておいたほうが良いだろう。話したところでメイが信じるかどうかはまた別の話だが。

「正直に言えばな、俺はちょっと普通とは言い難い人間だ。俺自身も俺についてよくわからないことが多い。でも、俺のことが外に漏れれば厄介事が転がり込んでくる可能性は高いと思う。だからこれから話すことは内緒だぞ？」

「はい。ありがとうございます。決して口外は致しません」

「そう願うよ」

真面目《まじめ》な表情で――まぁ、メイは基本的に真顔なのだが――頷くメイに対し、俺は俺がこの世界で目覚めてからの話をし始めた。気がついたら動力の落ちたクリシュナの、このコックピットにいたこと。俺が認識している俺の出自、ターメーンプライムに至る道程、セレナ少佐――当時は大尉であった彼女との邂逅《かいこう》、この世界とSOL《ステラオンライン》との奇妙な一致、エルマとの出会い、傭兵登録、ミミとの出会い、ターメーン星系での戦い。

「ご主人様の認識では、この世界はご主人様の言うところの『現実世界』で遊んでいた『ゲームの中の世界』であると、そういうことですね」

「俺の視点からすればそう見える。でも、俺の持つゲーム知識にはない情報も多い。例えば、俺の知る限りではゲーム内にグラッカン帝国やベレベレム連邦と呼ばれる宇宙帝国は存在しなかったし、ギャラクシーマップを見る限りでは見覚えのある星系名が一つも存在していない。にも拘《かかわ》らず、流通している宇宙船や装備、その他商品の中にはゲーム内で見かけた名前が多数存在する」

「なるほど……奇妙な状態ですね。ところで、ご主人様はシミュレーション仮説というものをご存知ですか？」

「シミュレーション仮説？　知らないな」

聞き覚えのない言葉に俺は首を傾《かし》げる。

「私も、ご主人様も、全《すべ》ての自然現象も、何もかもが凄《すさ》まじい技術力によって実行されているコンピューターシミュレーションであるとする仮説ですね」

「……おっかない仮説だな。突き詰めれば、この世の全てはシミュレーションなんだから何をしても良い、と考えるような奴も出そうじゃないか。命の尊さも何もなくなりそうだな」

「ええ、その通りです。ですが、ご主人様の視点からすると符合するところがあるのでは？」

「うーん……そういう感覚に陥ったことがないといえば嘘《うそ》になるけど、ミミやエルマと接しているとこの世界がシミュレーションだとは到底思えないな。というかそもそも、俺の存在した世界——というか惑星の技術レベルはこの世界の技術レベルよりも遥《はる》かに劣っていたんだ。寧《むし》ろ、俺がゲームの世界に入ったんじゃなくて、俺がこの宇宙のどこかでシミュレートされている仮想宇宙か、或《ある》いは仮想惑星から何らかの原因で実体化した、と考えたほうが無理がない気がするね。俺が入り込んだのではなく、出てきたってわけだ」

何か超先進的な技術の実験事故とか余波とかでシミュレーション宇宙に存在する『俺』という存在が天文学的な確率でクリシュナと一緒にこの世界に転《まろ》び出てきたとしたほうが据わりが良い気がする。

それにしたって俺の自己認識と現実とのズレがとんでもないことになっているけどな。要はわけがわからんというわけだ。

「まぁ、正直このことに関しては考えるだけ無駄なような気がしてならないんだよな。もしかしたら『俺はこの世界の人間ではないんです、調べてください！』とでもあちこちで言って回れば答えが見つかったりするのかもしれんが、そんなことをしても白い目で見られるか、好奇の目で見られるかしそうだし。正直、あまり俺の出自には触れずに過ごしたほうが良いんじゃないかと俺は思っているよ」

今の所それで不便に感じることもないしな。傭兵ギルドのような都合の良い組織があって良かった、というかクリシュナが俺とともにあってくれて良かったというところだな。クリシュナがなかったら俺はミミよりも酷い状況に陥っていたかもしれん。

「なるほど……そうですね。ご主人様がそう考えているならそれで良いのではないかと私も思います」

「いずれは向き合わなきゃならない問題なのかもしれないけどな。だが少なくともそれは今じゃないだろう。多分」

別に元の世界に何が何でも戻らなきゃならない理由もないしな。元の世界で俺がどういう扱いになっているのかは気になるけど、戻る手立てなんか見つかりそうにもないし。恋人や家族が居るならなんとか戻ろうとするんだろうけど、俺にはそういうのも特に居ないしな。幸いなことにというか、不幸なことにというか。寧ろこっちに留《とど》まりたい気持ちのほうが強い。ミミとエルマも居るわけだし。

「この話はこれくらいで良いだろ。他には？」

「それでは――」

それから暫《しばら》くメイの質問に俺が答えるという形でメイの情報収集は進んでいくのであった。

#2：襲撃

セレナ少佐の率いる対宙賊独立艦隊付きの民間輸送船の護衛を始めて三日。

『貴方《あなた》が居るせいで宙賊が寄り付いてこないのですが？』

「俺は悪くねぇ！　この船に少佐達が張り付いてるのがバレてるんだろ」

そうでなければ単にボコボコにされすぎて襲撃する余裕もないんだろう。

『そんな筈《はず》はありません。船舶ＩＤと船名は新しく付け替えたばかりです』

「サラッととんでもないこと言ってるわよ」

「国家権力ですねぇ……」

船舶ＩＤというのは宇宙を航行する船舶一隻ごとに振られているユニークなＩＤである。同じＩＤを持つ船は存在せず、船の所属などを照会する際の重要な情報となるＩＤで、普通は付け替えたりなんぞできるものではない。普通は。

まぁ、抜け道がないわけではないし、宙賊どもの船のＩＤなんかは撃沈されたものとして抹消されたものを使っていることが殆《ほとん》どである。奴らは基本的に拿捕《だほ》した船を改造して宙賊艦に仕立て上げているからな。

話を戻すが、船舶ＩＤが違えば基本的にはまぁ、別の船だと認識される。本来は船ごとに振られたユニークIDなわけなので。それを最近変えたばかりと発言するとか普通に失言である。聞かなかったことにするけど。

発言のないクリスはどうしているのかと思ったら、悟ったような表情で両手で耳を塞《ふさ》いで口を噤《つぐ》んでいた。うん、漫画とかだとお口が×マークになっているやつだね。

皆で揃《そろ》って何をしているのかと言うと、特に警戒以外にすることもないので全員でコックピットで待機中である。襲撃がないせいでセレナ少佐も暇なのか、こうしてちょくちょく通信を送ってきているわけだが。彼女は彼女で襲撃がないとなると書類仕事が増えるらしく、今は艦長室に缶詰になって書類仕事に追われているらしい。

そのストレス解消というか、休憩がてら同僚ではなく俺達に通信を送ってきて駄弁《だべ》っている辺り、彼女の職場の人間関係が少し心配になる。もしかしてぼっちなのだろうか？

ちなみに、ここにいないメイは船内の掃除中だ。一応生活空間に関しては俺達もそれなりに気を遣って掃除していたのだが、メイに言わせれば細かい埃《ほこり》が溜《た》まっているということで、彼女はここ数日暇さえあれば船内を掃除しているのであった。

「宙賊が出てこないのが俺のせいかどうかは因果関係が証明できないからとりあえず横においておくとして、シエラ星系全体での遭遇率とかはどうなんですか？　少佐殿」

『自分に都合の悪いところをサラッと横におきましたね……全体的に見ると、先日の大規模襲撃以降減少傾向――』

とセレナ少佐がそう言った瞬間、クリシュナに警報が鳴り響いた。どうやら随伴している輸送船

にインターディクターが使用されたらしい。

「……お出ましのようで」

『すぐにそちらに向かいます。少し距離を取っているので、駆けつけるのに五分かかります。保《も》たせてください』

「アイアイマム。ミミ、レーダーモードを近接戦闘用に変更、あとペリカンⅣに通信回線開いてくれ。エルマ、通常空間に戻り次第戦闘に入るだろうから防御システムは任せたぞ」

「了解です」

「了解」

俺のほうはインターディクトに備えてクリシュナのスラスターと超光速ドライブの出力を調整しておく。ペリカンⅣは超光速ドライブを停止させるインターディクターから逃れるように船を制御しているようだが、恐らく逃れられまい。

インターディクターの作動原理は確か人工の重力井戸を作り出して超光速ドライブ状態の艦船を無理矢理通常空間に引きずり出すとかそんな感じだったはずだ。艦船用の人工重力発生装置をとびきり強力にしたような装置だというゲーム内解説を読んだ覚えがある。

インターディクトをかけた側は人工重力場に対象を捉《とら》え続け、かけられた側はその重力場から逃れるべく船を上下左右へと縦横無尽に動かすわけだ。だが、クリシュナのような小型で運動性の高い船ならともかく、大型の輸送船では宙賊達が使う小型から中型の船から逃れることは至難の業だ。まず逃れられまい。

「こちらクリシュナ。ペリカンⅣ、応答してくれ」

『こちらペリカンⅣ。現在所属不明船からインターディクトをかけられている。なんとか逃れようとしているが、難しそうだ』

「下手《へた》に抵抗せず超光速ドライブを停止してくれ。そのほうが反撃に移りやすいし、ジェネレーターに掛かる負担も少ない筈だ。通常空間に出たらシールドに出力を割り振って防御を固めてくれ。騎兵隊は五分で来る」

『了解、健闘を祈る。こちらは白兵戦の準備をしておく』

通信が切れる。民間輸送船――ということになっているペリカンⅣには軍用パワーアーマーと重火器で武装した対宙賊独立艦隊所属の海兵――帝国航宙軍では航宙艦に搭乗する白兵戦要員を海兵と呼称している――が乗っている。宙賊が略奪のために接舷《せつげん》して乗り込んだらガチガチに装備を固めた筋肉ムキムキのマッチョマン達が「やぁ！（笑顔）」とお出迎えするわけだ。えげつない。

「十中八九戦闘になる。各員シートベルトを確認しろ。メイ」

『はい』

掃除をしていたであろうメイに通信を繋《つな》ぐと、すぐにメイからの応答が返ってきた。

「これから戦闘に入る。速やかに安全を確保するように」

『はい。承知致しました。ご健闘を』

「ああ」

手短にやり取りを終え、艦の状態を再チェックする。散弾砲の弾薬もセレナ少佐経由で補給できたので、艦の状態は万全だ。宙賊艦に後れを取ることはあるまい。

「ペリカンⅣ、出力を落とし始めました。所属不明艦の数は……えっ⁉」

「どうした？」

「あ、あの、所属不明艦の数は十一隻なんですが」

「ですが？」

「大型艦……いえ、そのうち戦艦級の反応が一、巡洋艦級の反応が二個あるんです」

「Ｏｈ……」

俺達が普段使う『大型艦の反応』というのは軍艦で言うところの巡洋艦にあたり、戦艦級の反応となると更にその上ということになる。ちなみに駆逐艦はおよそ大型艦から中型艦の間、コルベットは概《おおむ》ね中型艦に分類される。

「とてつもなく嫌な予感がするんだけど？」

「ははは、俺もだ。出たら速攻でチャフとフレア、ＥＣＭも全開だ」

乾いた笑いを漏らしている間にインターディクトが成立し、クリシュナが超光速ドライブ状態から通常空間に引きずり出された。それと同時に俺はクリシュナのジェネレーター出力を最大にし、アフターバーナーも使って急加速をする。

「おおっとぉ！　情け無用の無警告射撃！」

「笑い事じゃないわよっ！」

「ひえぇぇぇっ」

つい一瞬前までクリシュナが存在した空間を幾条もの真《ま》っ赤《か》なレーザー砲撃が貫いていった。急加速していなかったら直撃していたかもしれない。

フライトアシストモードをオフにして速度とベクトルを維持したまま姿勢制御スラスターを噴かして方向転換、艦首を戦艦級に向けてその姿を目視する。

「型落ちだけど帝国軍の正式採用型の戦艦と巡洋艦じゃねぇか。帝国軍の装備管理ガバガバすぎない？」

この襲撃が単なる宙賊の襲撃ではないということは明白だろう。ただの宙賊が二線級とは言え軍用艦を十一隻も用意できるわけがない。間違いなくクリスの命を狙《ねら》うバルタザールの差し金であろう。つまり、シエラⅢの襲撃に投入されたステルスドロップシップと同じというわけだ。

「形振《なりふ》り構わないにも程があるわね！」

エルマの叫びを聞きながら再度スラスター出力を最大にして戦艦に突っ込む。戦艦相手に距離を取るのは下策である。距離を離せば離すほど強力なレーザー砲の餌食にされる可能性が高まるからだ。

クリシュナの搭載する慣性制御装置でも制御しきれないほどのGが全身に襲いかかってくるが、奥歯を噛《か》み締《し》めて耐える。俺とエルマはともかく、ミミやクリスにはキツいだろうな。特にクリスにとっては。

「う、くううぅぅぅ……ッ！」

背後からクリスのものと思《おぼ》しき苦悶《くもん》の声が響いてくるが、残念ながら気遣っている余裕はない。

戦艦や巡洋艦が装備している高出力、大口径のレーザー砲が相手ではいくらクリシュナのシールドが強力であるとは言っても耐えきれるものではない。何発もまともに喰《く》らえば瞬く間にシールドが飽和させられてしまうだろう。

「どうするの⁉」

「どうするったって、そりゃやるしかないだろうよ！」

戦艦を倒すだけなら接近戦に持ち込んで対艦反応魚雷をぶち込んでやるのが手っ取り早いんだが、今の段階でそれをやると詰む。こちらより火力の優れる大型艦を含む敵集団と戦うには、コツというものがあるのだ。

敵戦艦から放たれる逆向きの豪雨のような近接防御の射撃を浴びながら戦艦の死角に回り込もうとするが、戦艦は巧みに姿勢制御を行ってクリシュナが死角に回り込むのを防ごうとする。巡洋艦とその他の艦船も戦艦の動きをカバーしようとする……が、遅い。

「あらよっとぉ！」

回り込むのを防ぐように回頭を続ける戦艦の艦橋を掠《かす》めるように突っ込み、再度姿勢制御スラスターを噴かして方向転換。戦艦の真後ろ、完全な死角に回り込んでピッタリと張り付く。こうやって戦艦の死角に回り込んでピッタリと張り付いてしまえば、敵側の僚艦は誤射を恐れてそうそう強力な武器を使うことができなくなる。

要は敵戦艦のデカい図体《ずうたい》を盾のように、或《あるい》は人質のように使うわけだ。正面戦闘なんかした日には火力と手数に押されて十秒も保たずに爆発四散は必至だからな。敵を倒すために敵を利用する。

汚い？　汚くて結構。これは正々堂々スポーツマンシップに則《のっと》ってやりあう試合ではなく、殺し合いなのだ。ルールなど無用だ。

「小型艦や艦載機が回り込んできます！」

「想定内想定内」

こうなると、張り付いた俺を排除する方法はこちらと同じような小型艦や、戦艦や巡洋艦に配備されている艦載機による迎撃戦闘しかない。

だが、小型艦や艦載機との戦闘はクリシュナと俺の最も得意とするところである。なんとかクリシュナの張り付きから逃れようとする戦艦に後ろ向きにぴったりとくっつきながら、こちらを排除しようとする小型艦や艦載機を四門の重レーザー砲と二門の散弾砲で粉砕していく。向こうから近づいてきてくれるのだから、七面鳥撃ちみたいなものだ。

「え？　こ、これはどうなっているんですか？」

「敵戦艦にバックスラスターと姿勢制御スラスターを使ってくっつきながら戦っているんですよ。どうやっているのかはさっぱりわかりませんけど」

クリシュナがどのような動きをしているのか理解できないクリスが混乱し、そんなクリスにミミが何故《なぜ》か誇らしげな様子で説明している。

「相変わらず変態みたいな機動を……」

変態だなんて失礼な。レーダーとＨＵＤを同時に見ながら敵戦艦の動きを予測してスラスター制御しつつ防御戦闘をしているだけだぞ。流石《さすが》に話す余裕はないけど。

『こ、こいつ離れんぞ⁉　おい、早く迎撃しろ！』

『なんだあの気味の悪い機動は……なんであんなクルクル回りながらバックで戦艦に張り付けるんだ？』

『クソ！　ファイターⅢがやられた！　想定より火力が高いぞ！』

敵側の通信が聞こえてくる。帝国軍の共通周波数で話してるってことは、こいつら帝国軍人なのか？　オイオイオイオイ。

帝国航宙軍さん装備の管理ガバガバすぎない？　とか思ってたけどこいつらガチの帝国軍人かよ。クリスの叔父《おじ》に買収でもされたのか？　お前らどこ所属の何者だよ。

『くっ⁉　撃ち負けるだと⁉』

『こっちはコルベットだぞ⁉　何故小型戦闘艦が巡洋艦並みの火力を持っているんだ！』

小型戦闘艦の被害が大きくなってきたことに痺《しび》れを切らしたのか、傭兵《ようへい》の基準で言えば中型艦に相当するコルベットがクリシュナの迎撃に回ってきたが、そのコルベットのシールドと装甲をもってしてもクリシュナの全力砲撃には耐えられるものではないようだ。ごく短時間でシールドを失い、装甲と船体に重篤なダメージを負って這々《ほうほう》の体でクリシュナの射界から逃れていく。

そうして膠着状態《こうちゃくじょうたい》に陥り、ひたすら防御に徹すること数分。戦艦レスタリアスを旗艦とする対宙賊独立艦隊が遂《つい》に戦闘宙域に姿を現した。

旗艦でもある戦艦レスタリアスを筆頭に巡洋艦五隻、駆逐艦三隻、コルベット二隻が轟音《ごうおん》を上げながら次々にワープアウトしてくる。超光速ドライブ状態の解除をワープアウトと表現するのは正しいかどうかはわからないが。

兎《と》にも角《かく》にも、ようやく騎兵隊のお出ましというわけだ。

『戦闘中の帝国航宙軍所属艦に告ぐ！　我々は帝国航宙軍、対宙賊独立艦隊。私は指揮官のセレナ＝ホールズ少佐である！　貴艦の戦闘行動は重大な軍規違反の疑いがある！　直ちに戦闘行動を中止し、機関を停止せよ！』

騎兵隊たるセレナ少佐の艦隊が到着し、戦場と化していた宙域に束《つか》の間《ま》の静寂が訪れ——。


「セレナ少佐？　機関停止どころか一向に攻撃が止《や》む気配がないのですが？」

訪れなかった。相変わらず俺が張り付いている戦艦はクリシュナを振り切ろうと回頭と加減速をひっきりなしに行い、数の減った敵小型艦や艦載機達はクリシュナを戦艦から引き剥《は》がそうと果敢に攻撃を加えてきている。

『繰り返す！　直ちに戦闘行動を中止し、機関を停止せよ！　貴艦らの行動は帝国法及び帝国航宙軍規を著しく犯している！　従わない場合は帝国軍法六条三項に従い、貴艦らを撃沈する！　直ちに応答し、機関を停止せよ！』

明らかに怒りを滲《にじ》ませた声で再びセレナ少佐が警告するが、奴らの行動は止まらない。というか、輸送船であるペリカンⅣには一切目もくれず、執拗《しつよう》に俺達の乗るクリシュナを狙ってきている。奴らの狙いは明白であろう。

「止まるかしら？」

「無理じゃないか？」

「無理なんですか？」

「彼らの狙いは明らかに私でしょう。一体叔父がどのような伝手《つて》を使い、どのような手段をもって彼らを差し向けてきたのかは想像もできませんが、彼らに退路はないのでしょうね」

クリスが静かな声でそう言う。流石に戦闘中によそ見をする余裕はないのでその表情を窺《うかが》うことはできないが、神妙な声音であった。恐らく可愛《かわい》らしい顔を曇らせているに違いない。クリスのような可愛らしい子を悲しませたり、あまつさえ殺そうとしたりするクリスの叔父とやらはとんでもない悪人だな。間違いない。

『ヴェストールの損害は考慮するな。全艦兵装使用自由《オールウエポンズフリー》』

『……了解、全艦兵装使用自由《オールウエポンズフリー》』

クリシュナのコックピットにけたたましいアラート音が鳴り響き始めた。それと同時に残存していた小型艦やコルベット、駆逐艦、巡洋艦から無数の熱源が発射される。

オールウェポンズフリーというのはつまり、全《すべ》ての武器を使用しろという指示である。この場合は、俺が張り付いている戦艦への被害を考慮せず、高威力の武器を使ってクリシュナを爆発四散させろって意味だな！　ははは！

「正気かこいつら！」

「シーカー！　来るわよ！」

『全艦兵装使用自由《オールウエポンズフリー》！　離反艦隊を撃破せよ！　撃ち方始め！』

もはやこれまでと判断したのか、セレナ少佐が対宙賊独立艦隊に攻撃命令を下す。こうなってはクリシュナも戦艦に張り付きっぱなしでは居られない。張り付いている戦艦への被害も厭《いと》わずに爆発兵器で面制圧などをされたらひとたまりもない。戦艦が撃沈する前にクリシュナが粉々になってしまう。

「ぬおおおぉぉぉぉぉっ！　畜生め！」

「くっ！」

「ひぅぅ！」

「ぐぅぅっ！」

敵戦艦に張り付くことを諦《あきら》めて今度は一気にクリシュナを加速させ、敢《あ》えてミサイル弾幕に突っ込む。同時に散弾砲を連射して進行方向に存在するシーカーミサイルを迎撃、誘爆させた。そしてそのまま誘爆によって発生した爆炎に突っ込む。

「っしゃ上手《うま》くいった！」

誘爆を逃れたシーカーミサイルが一瞬爆炎の中に消えたクリシュナを見失って見当違いな方向に飛んでいった。どうやら爆炎に突っ込んだ瞬間にエルマもフレアをバラ撒《ま》いていたようで、そちらにもかなりの数のミサイルが誘導されていったようである。流石だな。

だが、これで全ての困難を乗り越えたわけではない。俺達は敵巡洋艦の目の前に飛び出した形になるのだ。今この瞬間にも巡洋艦の大型レーザー砲の照準がクリシュナに向けられていることだろう。

「チャフ！」

「わかってる！」

レーザー砲のロックオンを阻害するチャフをばら撒きながら回避機動を行うが、まともに正面から突っ込む形となるため全てを回避するのは不可能だ。コックピットにアラート音が鳴り響き、敵の攻撃を受け止めたクリシュナのシールドが青白く明滅する。流石に軍用艦、それも巡洋艦級の主砲となると、強固なクリシュナのシールドもそう長くは保《も》ちそうにない。

「シ、シールドが⁉」

「大丈夫だ、まだ慌てるような時間じゃない」

「ヒロ様は落ち着いていますね⁉」

慌てるミミを宥《なだ》めながら巡洋艦のうちの一隻になんとか取り付く。それと同時に、凄《すさ》まじく威力の高そうな光条がつい先程までクリシュナが存在した空間を貫いていった。恐らく敵戦艦が回頭を完了し、こちらに向かって主砲の大口径レーザー砲を撃ってきたのだろう。

「うーん、スリル満点」

「あんたは絶対バカだと思うわ」

「今のが当たってたら私達……」

「大丈夫大丈夫、計算通りだから」

嘘《うそ》だけど。

シールドも飽和目前だったから、今のが直撃してたら流石にクリシュナも大ダメージを受けていただろうな。まぁ、それでも一撃で粉砕ってことはないだろうけど。

クリシュナは装甲もグレードの高いものを装備しているから、戦艦級の主砲でも一発くらいは耐えてくれるだろう。滅茶苦茶《めちゃくちゃ》高かったんだぜ。

などとゲームとしてＳＯＬ《ステラオンライン》を楽しんでいた頃《ころ》の思い出を振り返りながら巡洋艦の攻撃を回避していると、不意に俺が盾にしていた巡洋艦に大量のレーザー砲撃が着弾した。

「やべっ」

すぐさまクリシュナを加速させて巡洋艦の爆発範囲から逃れる。当然他の巡洋艦や戦艦の主砲がクリシュナを狙《ねら》ってくるが、それよりも早く再びのレーザー砲撃が敵巡洋艦や戦艦に着弾した。

クリシュナを主砲で狙うために無防備に晒《さら》された敵艦の横っ腹や艦底に向けてセレナ少佐率いる対宙賊独立艦隊が攻撃を加えたのだ。

「一発掠ったわね」

「攻撃目標の近くでウロチョロしてたから仕方ないっちゃ仕方ない」

「そうしなかったらとっくに撃墜されていたと思います」

敵艦隊よりも新型艦が多い上に、火力の高い巡洋艦の数で勝る対宙賊独立艦隊の攻撃が次々に敵艦を無力化していく。ある艦は機関部を喪失させられ、ある艦は推進装置を破壊され、ある艦は主武装を配置している上部甲板に大被害を被ったようだ。

駆逐艦やコルベットは既に撃破されているようで、もうまともな戦闘能力を有しているのは戦艦一隻のみである。

「やれやれ、状況終了ってとこかね？」

そんな状況で、俺は推進装置をやられて動けなくなった巡洋艦の陰にクリシュナを隠していた。この段になっても敵戦艦がクリシュナに向かって主砲をぶっ放してくる危険性が拭《ぬぐ》えないので、大事を取っているのだ。

「あの、隠れてて良いんですか？」

「この状況になってわざわざリスクを冒す必要はないだろう」

「そうね」

ミミの疑問に俺が答え、エルマが同意する。ここで『やぁやぁ我が名はキャプテン・ヒロ！　貴艦に一騎打ちを申し込む！』とか言って飛び出していったらただのバカである。次の瞬間に凶悪な威力を誇る戦艦の大口径レーザーを食らって酷《ひど》い目に遭うこと間違いなしだ。

そもそも、俺達を襲ってきたこいつらは帝国航宙軍所属の軍人らしいので、自己防衛以外で積極的に手を出していくのは少々リスクが高い。何せ目の前に味方とは言え生粋の帝国軍人が他にもいるのである。下手《へた》なことをしたら俺達までお縄につくことになりかねない。

だから俺は対艦反応魚雷も使わず、張り付いた巡洋艦に積極的に手を出すこともせずに直接俺達を狙ってきた中、小型艦のみを撃破していたのだ。

セレナ少佐達が助けに来ない状況だったらもっと積極的に撃破していってただろうけどな。まぁその時はクリシュナも無事では済まなかっただろう。撃破される可能性もゼロではなかったと思う。今回は危うくシールドを飽和させられるところだったしな。やはり宇宙帝国の正規軍は怖い。

『繰り返す、機関を停止せよ。趨勢《すうせい》は決した、これ以上の犠牲は無意味だ』

暫《しばら》くの沈黙の後、敵戦艦が機関を停止した。

『こちら戦艦ヴェストールの副艦長、ロマンド・ケストレル少佐であります。当艦は機関を停止し、貴艦の指示に従います』

『結構。艦長はどうされたか？』

『艦長のオイゲン・ヘラスミス大佐は〝自決〟され、私が指揮を引き継ぎました』

『……そうか。負傷者の救出を開始する。受け容《い》れ準備をしておけ』

『はっ』

一体どのような経緯で帝国軍が俺達を付け狙ってきたのかは皆目見当もつかないが、とりあえず戦闘はこれで本当に終結したらしい。機関を停止した戦艦ヴェストールにセレナ少佐の戦艦レスタリアスが接舷《せつげん》し、その他に行動不能に陥っている巡洋艦にも対宙賊独立艦隊の巡洋艦が接舷していく。これから敵艦を制圧し、各所を掌握していくのだろう。

しかし自決ね。疑わしい言葉だなぁ。

「終わったんですね……？」

「多分ね。まだ油断はできないけど」

「そうだな。いきなり機関を再始動して攻撃してくるかもしれないしな。もう少し様子を見てからペリカンⅣに帰還しよう」

そう言って俺はコックピットに浮かんでいるグラビティスフィアに手を伸ばし、よく冷えた炭酸抜きコーラのようなドリンクを一口飲んだ。アァー、戦闘で消耗した五臓六腑《ごぞうろっぷ》に甘ったるいドリンクが染み渡るぅー。

え？　炭酸飲料はどうしたかって？　カーゴに置いてあるよ。飲もうとしてクリシュナの中でボトルを開けたら、振ってもいないのに噴き出して俺を含めた全員が炭酸飲料塗《まみ》れになって以後艦内で炭酸飲料を開封することは固く禁じられた。なんで艦内だと爆発するんですかね？　気圧とかの関係？　人工重力の関係？　わがんね。

「メイ、無事か？」

『はい、各機能に異常なし。損傷はありません』

「ならよし。戦闘はほぼ終息したが、ペリカンⅣに戻るまでは不意の戦闘機動に備えておけ」

『了解』

　さてさて、あとはのんびりと待つとしようかね。じきにセレナ少佐の艦隊が攻撃してきた帝国軍の船を制圧するだろうからな。

＃3：アンドロイド街

敵艦の制圧には時間がかかった。まぁ特に戦艦はデカいしね。それに航行不能に陥っている船を曳航《えいこう》する準備も必要だったので、動けるようになるまでの時間は更に延びた。

俺達は、というと流石《さすが》にそういった作業を手伝う理由もないというか、俺達の手が必要なほどの状況ではなかったので待機を命じられていた。つまり民間輸送船（？）のペリカンⅣの格納庫に戻って待機である。

で、この期に及んで襲撃を仕掛けてくる賊などは現れるわけもなく、ペリカンⅣとセレナ少佐率いる対宙賊独立艦隊は俺達――文字通りクリシュナだけを狙っていたので本当に『俺達』だ――を攻撃した帝国航宙軍の離反艦隊をシエラプライムコロニーへと順調に連行した。

対宙賊独立艦隊とペリカンⅣは各種手続きや補給をする必要があるということで、俺達の護衛任務はとりあえずこれで解かれることになった。報酬は一日8万エネルが三日分できっかり24万エネルである。

『……賞金は？』

『彼らは宙賊ではないので』

襲ってきた帝国航宙軍離反艦隊の賞金を確認したらセレナ少佐はそれはもう満面の笑みを浮かべ

てそう仰《おつしや》った。勝ったと思うなよ……まぁお上がそう言うならどうしようもないのだが。

あと、一応俺達も待機中にセレナ少佐率いる対宙賊独立艦隊の憲兵の方々に取り調べを受けた。離反艦隊がインターディクト成功後に無警告射撃を行ったのはクリシュナとペリカンⅣの記録装置にばっちり記録されていたから、なんということもなかったけれども。

寧《むし》ろ俺の戦闘機動を確認した憲兵の方々が『なんだこの機動は』『気持ち悪い』などと仰っていた。気持ち悪いって言ったお前は絶対に許さないからな。


で、シエラプライムコロニーで待機中の俺達なのだが。


「では、行ってまいります」

俺とメイは連れ立ってクリシュナから出かけるところであった。

目下俺達のするべきことというのはクリスのお祖父《じい》さんからの連絡を待ち、その保護下に入って無事クリスを故郷へと送り届けることなのである。再びリゾート惑星に繰り出すというのもまぁアリと言えばアリなのだが、そろそろ情報を手に入れたクリスのお祖父さんからの接触があってもおかしくない時期なので、俺達はシエラプライムコロニーに滞在することに決めたのであった。

で、折角シエラプライムコロニーに滞在するなら既に発注済みのメイのアップグレードを実装してしまおうという話になったのである。シエラプライムコロニーにはメイの製造元であるオリエント・インダストリーの支社があり、直営の工房も存在したのだ。

それにしたって必要な資材が都合良く用意されているのか？　と思ったのだが、シエラプライムコロニーに訪れる客というのは基本的に金持ちが多いので、ハイエンドなアンドロイドパーツや、それらを製造するための資材や設備というのも潤沢に用意してあるのだそうだ。

「あんたなら大丈夫だと思うけど、いざとなったらメイ、ちゃんとヒロを守るのよ」

「はい、お任せください」

エルマの無茶振りにメイが素直に頷《うなず》いている。

「まだカスタマイズしてないし無理じゃないか？」

「カスタマイズしていなくても標準的なアンドロイドのスペックならヒロより力も強いし身のこなしも速いわよ」

「マジで」

「はい。普通の人間のおよそ1・5倍から2倍の力があります」

そう言ってメイが無表情のまま腕を曲げてぐっと力こぶを作るかのようなポーズをする。腕とかどう見ても俺より細いんだが。まぁメイがわざわざ嘘《うそ》を言うとも思えないので、本当なのだろう。

「ヒロ様、お気をつけて」

「叔父《おじ》の手の者がまだ潜伏している可能性がありますから、本当に気をつけてください」

「うん、大丈夫だ。それじゃあ行ってくる」

三人に別れを告げてクリシュナのハッチを開き、タラップを使って港へと降り立つ。

食料と水の補給に関してはセレナ少佐経由で実に安全に問題を解決できたので、やろうと思えば月単位でクリシュナに引き籠《こ》もることも可能だ。クリスと俺達の安全上、彼女からの協力を得られたのは非常に大きい。あまり頼ると無理難題をふっかけられそうで怖いけど。

「目的地への案内を頼むぞ」

「はい、お任せください」

コクリと頷いたメイの案内に従って港湾区域を離れ、エレベーターに乗って目的の工房がある区域へと移動する。こころなしか、メイがなんとなく楽しげな雰囲気である。非常に微妙な変化なのだが、歩調が僅《わず》かに弾んでいるように思えるのだ。もしかしたら俺の錯覚かもしれないが、なんとなくほっこりとするな。

そんなメイを見ながら移動すること十数分、俺達は目的地近傍に辿《たど》り着《つ》いたのだが……。

「これは酷い」

「？」

俺の呟《つぶや》きにメイが首を傾《かし》げる。いや、メイにとってはどうということはないのかもしれないけどね、この光景は。

なんというか、一言で言えば物凄《ものすご》く退廃的……とはちょっと違うか。率直に言っていかがわしい空間であった。

あちこちに女性型のアンドロイド――所謂《いわゆる》ガイノイド――の姿が見える、というか溢《あふ》れんばかりなのである。脇《わき》に並ぶ店舗のショーウィンドウに並んでいるのは様々な容姿や体格の女性型や少女型のアンドロイドばかりで、男性型のアンドロイドはごく少数であるようだ。

その容姿も幼気《いたいけ》で可愛《かわい》らしいものから肉感的で扇情的なものまで様々で、デモンストレーションなのか何なのかヒラヒラとした露出の多い格好でポールダンスをしているようなのもいる。

そしてちらりと覗《のぞ》いた路地の奥では様々な格好をした見目の麗しい女性型アンドロイドが客引きのようなことをしていた。恐らく女性型アンドロイドの娼館か何かがあるのだろうと推測できる。

そして、当然ながらこの場にいるのは女性型のアンドロイドばかりではない。彼女達を目的とした男性は勿論《もちろん》のこと、少数ながら女性の姿も見える。その傍らを歩くのは少女型、いや少年型の……見なかったことにしよう。

「何かおかしいでしょうか?」

「いや、うん。気にしないでくれ」

メイが俺の反応に首を傾げるが、俺のこの困惑を伝えたところで彼女には理解できまい。色々な意味で男性を癒やす女性型アンドロイドから発生した帝国の機械知性にとって、この光景は故郷のようなものというか、もう原風景に近いものなんだろうからな。彼女達にとってこういった場所で主人に見初められ、買われていくのは当然のことなのだ。それは鳥の巣立ちのようなものなのだろう。

不思議そうな顔をしているメイと共にアンドロイド街を抜けると、今度は様々なアンドロイドメーカーの支社や工房の立ち並ぶ区画に入る。ここまで来るといかがわしい雰囲気は多少落ち着いてきた。

とは言っても工房はともかく、メーカーの支社なんかだと入り口の辺りにホロディスプレイで最新機種（幼女型アンドロイド）とか売れ筋機種（ダイナマイツな女性型アンドロイド）の宣伝をしていたりするので、本当に多少だけど。モザイクかかってないし。

「ええと、ここまで来たらもう少しか？」

「はい。もう見えていますね」

そう言って彼女が指し示した先にはデカデカと社名の書かれた建物が鎮座していた。支社なのかと思ったが、あれで工房らしい。他の工房の三倍以上の規模があるんじゃないだろうか。

「でかいな」

「オリエント・インダストリーはシエラ星系内でトップシェアを誇るアンドロイドメーカーですから」

「なるほど」

シェアが大きくなればなるだけメンテナンス拠点もそれなりのものが必要になるということか。工房でメンテナンスする必要のある個体の絶対数が多くなるからだろうな。

メイに先導されてオリエント・インダストリーの工房に入る。そうすると、受付に待機していた女性がすぐにこちらに視線を向けてきた。いや、女性じゃないな。彼女もアンドロイドであるようだ。

「いらっしゃいませ！　オリエント・インダストリー直営の工房にようこそ！　本日はメイさんのアップグレードですね！　どうぞこちらへ！」

何も言っていないのにこちらの用件を把握した彼女は底抜けの明るい笑顔で俺達の案内を始めた。

彼女が受付を離れると同時に奥の部屋から別の受付嬢アンドロイドが出てきて席に着く。

「私達の間では言葉は必要ありませんので」

「なるほど」

メイの言葉に納得する。俺には全く感知できないが、何がしかの方法でデータを共有して用件を瞬時に伝えたらしい。確かに、彼女達アンドロイドの間であればわざわざ音声を介して情報を交換するというのは無駄でしかないのだろう。

俺達が、というか俺が通されたのは喫茶店のような場所であった。俺の他に客はいないようだ。

「ここは？」

「はい！　貴方《あなた》のパートナーがアップグレードをしている間にお寛《くつろ》ぎいただくためのスペースです！　お飲み物などもご用意致します！」

「なるほど？」

「私は早速アップグレードを実施して参ります。ご主人様をよろしくお願い致します」

「はい！　よろしくお願いされました！」

メイがペコリと頭を下げてどこかへと歩いていく。それを見送った俺は突っ立っていても仕方がないので、受付嬢の彼女に勧められたカウンター席に着いてメイのアップグレードが終わるのを待つことにした。

「お飲み物はいかがなさいますか？」

「あー、じゃあ冷たいお茶か何かで」

「かしこまりました！」

ぴょこん、とお辞儀をして受付嬢のアンドロイドが喫茶スペースのカウンターの中に入っていく。受付嬢の彼女もアンドロイドなのだが、その表情はとても明るい。メイは感情値をほぼ最低値にしているから表情に乏しいというかクールな感じなのだが、感情値を大きくしていたら彼女のようになっていたのだろうか？　ちょっと想像がつかないな。

「お待たせしました！」

「どうも。アップグレードにはどれくらい時間がかかるんだ？」

「そうですね、メイさんの場合はアップグレードというよりも積み替えって形になると思いますから、そんなに時間はかからないと思いますよ」

「積み替え？」

「はい！　例えば筋繊維の交換だとか、摩耗した関節の修理だとか、そういった軽微なメンテナンスの場合は今使っている身体《からだ》にアップグレードを施す形になるんですけど、今回のメイさんの場合は骨格から筋繊維から中枢プロセッサから何から全部交換って形になります。そうなると、今使っている素体を弄《いじ》るよりも一から身体を作ってデータを載せ替えたほうが手っ取り早いんです」

「なるほど」

パソコンで例えればメモリの増設やCPUクーラーの交換くらいならまだしも、マザーボードやCPU、電源ユニットなんかもひっくるめて全部交換するなら新しくPCを組んでデータを移したほうが楽とかそんな感じか。プロがそう判断するのならそうなんだろうな。

「大体二時間くらいだと思います。よろしければ、メイさんとの今後の生活についてアドバイスなどをさせていただきます！」

「それは良いね。聞かせてもらおう」

メイを待つ間、俺は受付嬢のアンドロイドにメイドロイドとの過ごし方や簡単なメンテナンスの仕方、メンテナンスに必要な設備やあったほうが良い装備、それにトラブルが起きた時の連絡先や対処法などをみっちり二時間聞かせてもらうことになった。

その結果、俺のエネル残高がまた少し目減りしたのはまぁ、勉強代だと思っておくとしよう。なんだか上手《うま》く乗せられたような気がしないでもないけど。

☆★☆

「……見た目はあまり変わらないな？」

戻ってきたメイを見て俺は首を傾げた。いやまぁ、骨格とか筋組織、動力源や電子頭脳の交換が主な変更内容なんだから、外見が変わっていないのは当たり前といえば当たり前なんだけれども。

「はい。外見は変わりません。変わったほうが良かったでしょうか？」

「いいや、そのままでいい」

こてん、と首を傾げるメイにそう言って首を振る。本当に見た目は全く変わっていないのだが、これでメイはそんじょそこらの戦闘ボットよりも遥《はる》かに強力なメイドロイドになった筈《はず》だ。その戦闘能力はパワーアーマーを着た俺に匹敵する筈である。適切な武器を装備させればだが。

「それと、アップグレードしたことによって様々な奉仕も可能となりました」

「様々な奉仕」

「はい。味覚センサを実装し、調理プログラムもインストールしたので自動調理器に依《よ》らない調理も可能となりました。また、高度な触覚センサも全身に実装されましたので、より繊細な各種マッサージなども可能です」

「マッサージか。マッサージは良いな。運動の後とかに頼もうかな」

「はい」

俺の言葉にメイがコクリと頷く。

今更言うまでもないかもしれないが、メイにも所謂『そういうこと』をするための機能がついている。こう言ってしまうと大げさに聞こえるかもしれないが、彼女達機械知性にとってそういった機能の有無というのはアイデンティティに関わる問題なのだ。

いかんいかん。このところクリスもいるからそっち方面はご無沙汰《ぶさた》なのだ。どうにもこの工房というか、この界隈《かいわい》はそっち方面の欲求を刺激してくるのがいただけない。

「大事にしてあげてくださいね！」

「ああ、うん、それはまぁ」

ぶっちゃけ反応に困る。今の状況は彼女達にしてみれば正に人生——機械知性生？——の門出的な、実に寿《ことほ》ぐべき瞬間であるわけなのだろうが、俺にしてみればあんなことやそんなことを好き放題にできるメイドさんを引き取って連れて行く瞬間なのである。

どうにもこう、後ろめたいと言うか……おわかりいただけるだろうか？　しかも今からそのメイドさんを精神的な意味でも肉体的な意味でも仲良くしている女性達の元へと連れて帰るわけである。

なんともこう、気が重い。

いや、勿論そういうことをするためだけにメイドを買ったわけではない。護衛役としても非常に優秀であろうし、人間の限界など軽く振り切った高度な計算能力は情報戦に於《お》いても今後の俺達の要《かなめ》になるであろうことは疑いようもない。滅茶苦茶《めちゃくちゃ》に優秀で護衛もこなす秘書を持つようなものだと思えば、メイを購入するのに使った金額分以上の価値があることは明白であろう。

だから別に後ろめたいことは何もない。何もない筈だ。

「……」

改めてメイの容姿を確認する。

艶《つや》のある長い黒髪。赤いフレームの眼鏡《めがね》の奥に輝くのも黒曜石のように黒い瞳《ひとみ》。無表情だが、無表情だからこそ端整な顔つきが非常に映える。頭にはホワイトブリム、そしてきっちりと隙なく着こまれたヴィクトリアンスタイルのメイド服に、それをしっかりと押し上げる形の良い二つの膨らみ。実に楚々《そそ》とした雰囲気の美女である。

「……？」

俺がじっと見ているのを不思議に思ったのか、再びメイが首を傾《かし》げてみせる。いや、この仕草すらも計算し尽くされた挙動なのかもしれない。彼女の動作一つ一つがどうにも絵になるというか、気がつけば視線を吸引されていたというような不思議な魔力を持っているように思える。

「いや、なんでもない。なんだか見た目は全然変わってないはずなんだが、迫力が増したような気がしてな」

「私の内に秘められたパワーが何らかの波動と化して伝わっているのでしょうか？」

そう言ってメイはむんっ、と気合でも入れるかのように右腕をぐいっと曲げて力こぶを作るポーズを取った。それ気に入ってるの？　なんとなくクールな見た目とやっていることのちぐはぐさが可愛く思えるけど。

「ええと……そうだ。メイ用の武器というのも発注したけど具体的にはどういうものなんだ？」

「ご覧になりますか？」

「うん、ご覧になります」

俺が頷《うなず》くと、メイはどこからか真っ黒い鋼球のようなものを取り出して見せてきた。なんだろう、グレネードか何かだろうか。

「これは戦艦の装甲材などに使われている圧縮金属素材で作られているものです。私の膂力《りょりょく》で投擲《とうてき》した場合、標準的なパワーアーマーの装甲を貫通し、内部の人間に致命的なダメージを与えることが可能です。投擲速度を調整することによって手加減することもできます」

「やだこわい」

「こちらは同じ素材で作られたセキュリティバトンです。私の膂力で全力で殴りつけた場合、標準的なパワーアーマーの装甲を破砕して内部の人間にダメージを与えることが可能です」

そう言って次にメイがどこからともなく取り出したのは40㎝ほどの長さの黒い金属製の棒だった。装飾も何もないが、ひたすら頑丈そうな一品である。

それにしてもいちいちパワーアーマーを引き合いに出すのは何なのだろうか。ヒトを助ける機械同士という意味で何か対抗心のようなものでもあるのだろうか。会話能力もないただの機械に対して嫉妬《しっと》するのは如何《いかが》なものか？

そんな感じでメイが取り出すメイ用の武器というのはひたすら物理的な破壊に特化したある意味とても原始的な武器の数々だった。どうにもメイは近接戦闘に主眼を置いているようである。

「光学兵器に関してはクリシュナに用意されているものを使えばそれで事足りますので、直接的な破壊手段を多めに取り揃《そろ》えることにしたのです」

「なるほど」

クリシュナのカーゴにはレーザーライフルだのレーザーランチャーだのなんだのと武器は一通り揃えてあるからな。メイは隠し持つことのできる暗器のような武器を揃えたということらしい。

「ご注文の品は今日中に船までお届け致しますので！」

「ああ、うん」

なんだかメイの物理的破壊手段に満ち満ちたローテク、というかいっそ原始的とも言える武器の数々を見るうちに疲れてきた。

「じゃあ、最後に動作確認ですね！」

「動作確認？」

「はい！　ちゃんと注文通りになっているかその目で見て、身体で感じて確かめていただきませんと。モノがモノですから、後になって想像していたのと違った！　ということになるとお互いに不幸になりますから」

そう言って受付嬢のアンドロイドが満面の笑みを浮かべながら人差し指と中指の間に親指を通した拳《こぶし》を突き出してくる。俺はその拳をそっと掌《てのひら》で包んでやんわりと脇《わき》に除《よ》けた。それを見て受付嬢アンドロイドが不思議そうに首を傾げる。

「必要なことですよ？」

「いやあのね。いきなりそういうことを言われてＯＫ！　って応じる人はいないでしょ」

「およそ九割の方が同意されますけど。というかそういう存在ですし、私達」

「割り切りすぎィ！　あっけらかんと言われても反応に困るわ！」

「そんなこと言っても、お嫌いというわけではないですよね？」

今までひたすらに明るい表情を見せていた受付嬢アンドロイドが『ニチャァ……』とでも擬音がつきそうな粘着質な笑みを浮かべる。勿論《もちろん》お嫌いではないけどさぁ！

「いずれにしても規則ですから。メイさん」

「はい」

メイが半ば抱きつくかのように俺の腕を抱え込み、グイグイと俺を引っ張り始める。おおう、腕の感触が幸せ……っていうか力強い！　物凄《ものすご》く力強い！　踏ん張ろうとしてもずるずると引きずられる！

「待て待て待て、落ち着けメイ。船でミミ達が待ってるから！」

「……お嫌ですか？」

振り向いたメイがそう言って悲しげな表情をする。オイオイオイそれは卑怯《ひきょう》だろう。感情値をほぼ最低に設定したからってこういうここぞというところで感情を顕《あらわ》にするのは卑怯じゃないか？

「……お嫌じゃないです」

「ではそういうことで」

一瞬で無表情に戻ったメイが再び俺をグイグイと引っ張り始める。

もしかしたらアレかな？　メイのアップグレードに行くって俺が言って、ミミもエルマもついてこようとしなかったのはこれを知っていたからかな？　有り得るな。

ということはある意味では二人とも承知の上でのことだな？　うん、きっとそうに違いない。そう思うことにしよう。よーし、覚悟完了！　奉仕精神に溢《あふ》れる機械知性何するものぞ。返り討ちにしてやんよ！

☆★☆

「お幸せにー！」

受付嬢アンドロイドが極上の笑みを浮かべながらヒラヒラと手を振っている。お幸せにってあのね……いや、彼女達にしてみれば仕えるべき主人に買われて行くというのは嫁入りみたいなものなのか？　ということはカスタマイズとその購入資金は結納のようなもの……？　い、いや、深く考えるのはよそう。

「……？」

振り返ると、俺の直《す》ぐ側《そば》にそっと寄り添ってついてきていたメイが小首を傾げた。俺との距離は工房に向かって歩いてきた時と比べると半歩ほど縮まっている。少し手を伸ばせばその柔らかい手に手が届く距離だ。

「どうかされましたか？」

「いや、なんでもない」

よく見なければわからないほどに微《かす》かに笑みを浮かべるメイの姿に思わず頬《ほお》が熱くなる。

いや、凄《すご》かったです。なんというかこう……凄かったです。思い返すだけで語彙《ごい》が死滅してしまうほど凄かったね。何がどうとは言わないけれども、敢《あ》えて一言で言い表すならピッタリ？　そう、ピッタリというのが適切な表現だと思う。何がって？　言わせるんじゃねぇよ野暮天め。

勝つとか負けるとか、そういうものを超越した何かを味わったね。

若干ふわふわとした足取りでクリシュナに戻ると、何故《なぜ》か知らんがレーザーライフルを携えたマッチョなお兄さん達が歩哨《ほしょう》に立っていた。装備から考えるに帝国軍の軍人というわけではなさそうだが、揃いの制服とアーマーを装備しているところを見る限り何らかの組織に所属する兵士か何かのように見える。

「あれはダレインワルド伯爵家の私兵ですね。ダレインワルド伯爵が警備のためにつけたようです」

「なぬ？　ということはクリスのお祖父さんが接触してきたのか？」

「はい、私達が『調整作業《フィッティング》』をしている間に。すぐさまクリシュナに戻ることができる状況ではなかったので、セキュリティを高めるための装備を受け取りに行っている、ということにしてあります」

「お、おう」

調整作業《フィッティング》ね。ははは、上手《うま》く言ったものだな。それにセキュリティを高めるための装備を受け取りに行ったというのも嘘《うそ》ではないな。

「ちなみに、どうやって連絡を……？」

「ご主人様の小型情報端末で受信したメッセージを私が返信してミミ様とエルマ様にそのようにお伝えいただくようにお願いしました」

「ああ、そう」

どうやって俺の小型情報端末にアクセスしたのかとかそういうことは言うだけ無駄だろう。今のメイは小型ながらも陽電子頭脳を備えている完璧《かんぺき》な機械知性なのだ。その上戦闘能力も高い。もう全部メイに任せておけば良いんじゃないかな？　と思わないでもないが、きっとそれは堕落の道であろう。機械知性の齎《もたら》す堕落になんて、負けない！

なんてことを心に誓いながらクリシュナに近づくと、歩哨に立っていたマッチョなお兄さん達があからさまに警戒した様子を見せる。しかもインカムのようなものに小声で話しかけている。応援でも呼ぶんですか？　それ俺の船なんですけど。

「待て、そこで止まれ」

「ＯＫ、あんたがそう言うなら止まるよ。そのレーザーライフルで丸焦げにされたくないからな」

止まれと言われたので素直に足を止める。俺がこの船のオーナーであることなんてすぐにわかることなんだから、わざわざ事を荒立てる必要は何もない。恐らくはクリスのお祖父さんの部下なんだろうしな。メイも平然と構えているようだし、問題ないだろう。もしこの二人が実はメイの叔父《おじ》の手の者だったりしたら、瞬く間にメイが制圧するだろうしな。

「確認が取れた。キャプテン・ヒロだな？」

「そうだ。あんた達はダレインワルド伯爵家の人だな？」

「いかにもその通りだ。クリスティーナ様の護衛として伯爵様に派遣されている」

「そうか。入っても良いよな？」

「勿論だ」

二人の護衛兵が道を空けてくれたので、その間を通ってタラップを登り、クリシュナのハッチを開けて中に入る。背中から撃たれやしないかと少し緊張していたのだが、そういうこともなかった。まだ確認が取れたわけじゃないから警戒は解けないが。

食堂に行くと、全員が揃っていた。その雰囲気は、有り体に言ってあまりよろしくない。

ミミは俺と目も合わせずにクリスに抱きついたままだし、エルマは情報端末に視線を落としてこちらと目を合わせようとしないし、クリスはなんだか視線が泳いでいる。

これは果たして俺がメイと二人きりで外出し、オリエント・インダストリーの工房に行き、調整作業《フィッティング》をしたことに起因するものなのか、それともダレインワルド伯爵家からの連絡があったというのに俺がその場に居《お》らず、あまつさえ調整作業《フィッティング》にかまけて連絡を受け取らなかったことによるものなのか、それともその両方なのか。両方かな？　両方だな。

だが私は謝らない！

「ただいま！」

「……チッ！」

「すみませんでしたァ！」

即座に前言撤回である。

エルマに舌打ちをされた俺は速攻で土下座をした。弱腰と言われても俺は一向に構わん！　メッセージを受け取らなかったのは俺が全面的に悪いし。メイに翻弄《ほんろう》されてそれどころではなかったというのが原因と言えば原因だが、それでメイに責任を押し付けるのはなにか違うだろうと思う。

「申し訳ありませんでした。私が至らぬばかりに」

メイも俺の横にちょこんと正座をして頭を下げる。そんな俺とメイの様子を見てエルマはバツの悪そうな顔をして頭を掻《か》いた。

「ごめん、そこまで思いつめさせるとは思わなかったわ。ほんのちょっとだけ困らせようと思っただけだから」

そんな俺達を見たエルマが慌てて席を立って俺達の傍《そば》にしゃがみ込み、声をかけてくる。

「……本当に怒っていませんか？」

「怒ってないわよ。というか、メイじゃなくてヒロを脅かそうとしただけだから。私はメイに含むところはないし」

「ありがとうございます」

エルマに手を取られてメイが立ち上がる。それを見計らって俺も下げていた頭を元に戻した。その途端、頭のてっぺんをペシンと叩《たた》かれる。

「あんたはちょっと反省しなさい。お貴族様を待たせることになったんだからね」

「はい」

素直に頷《うなず》いて立ち上がる。

「それで、ミミはどうしたんだ？」

「ああ、メッセージにも書いたけどクリスのお祖父さんが来たでしょ？　そうするとクリスはお祖父さんの船に移るわけじゃない？　ミミはクリスと一緒の部屋で過ごしていたから寂しく感じたみたいね」

よく見るとクリスの目も少し赤いように思える。自分に抱きついているミミの頭をその小さな手で撫《な》でている様子はどこか母性を感じさせる姿であった。

「あーっと、それで結局どうなったんだ？」

「……結局メッセージを読んでないのね？」

「申し訳ございませぬ」

ジト目で睨《にら》んでくるエルマに再び頭を下げる。すまない、色々あってまだ思考がふわふわしているんだ。許して欲しい。

「傭兵《ようへい》ギルド経由であっちから接触があったのよ。クリスと会わせて欲しいってことだったんだけどあんたもメイもいないし、いくら向こうから護衛を派遣するとは言っても完全に安心はできなかったから、あんたが戻るまで待ってもらうように伝えてたの。クリスとはもう通信で顔合わせはしたから、まぁ引き渡しても問題ないと言えば問題なかったんだけどね。船長のあんた不在で判断するのはマズいでしょ？」

「それはそうだな、うん」

この船のオーナーであり、また船長であるのは俺だ。いくら相手が貴族だとは言っても俺の判断を仰がずにエルマの一存で護衛対象を引き渡すのは問題があるだろう。

「じゃあ俺が戻り次第連絡を入れるってことになってるのか？」

「ええ、そうなってるわ。直接伯爵と話すことになると思うけど、大丈夫？」

「大丈夫とは？」

「言葉遣いとか。相手は生粋の貴族よ。あのぽんこつ少佐と同じノリで話すのはマズいわね」

「そういうものか？」

「そういうものよ」

面倒な話だ。どうしたものかと思っていたら、控えめにメイが手を挙げて自己主張をした。

「よろしければ通話を行うホロディスプレイに干渉して完璧な受け答えを表示させますが」

「いやぁ、いきなりそんなおんぶに抱っこな感じで行くのはどうかな。とりあえず、俺のやり方でやってみる。ダメそうだったら二人とも助けてくれ」

「わかったわ」

「はい」

二人の快諾が得られたところで今度はクリスとミミに視線を向ける。

「そういうことだから。心苦しいけど一旦《いったん》コックピットに行こうか。あそこのホロディスプレイが一番でかいし通信に適してる」

「ミミさん……」

「……うぅ」

クリスに促されて未《いま》だに涙を浮かべた様子のミミがクリスから身を放す。うん、鼻水とかがでろーんってことはなかったな。もしそんなになってたとしたら見て見ぬ振りをするつもりだったけど。

「二人とも軽く顔を洗ってからコックピットに来てくれ。エルマとメイはコックピットへ。メイは俺の後ろに控えて、何か危ういところがあったらこっそりサポートしてくれ」

「了解」

「はい。承知致しました」

頷く二人に俺も頷きを返し、俺達はコックピットへと向かった。

#4：ダレインワルド伯爵との邂逅《かいこう》

気合を入れて臨んだ通信だったが、それ自体は実に呆気《あっけ》なく終わった。

『では十五分後に迎えを向かわせますので、そちらにお乗りになってこちらへとお越しください』

ええ、気合を入れて通信に臨んだんですが、伯爵の秘書官を通してアポイントメントを取り付けただけに終わりました。

「初顔合わせは通信なんかでは済ませたくないということかしらね？」

「そういうことでしょうか……？」

「うーん、ちょっと私にもよくわかりません」

エルマ達が三人で首を傾《かし》げている。メイはノーコメント。お行儀よく手を前で合わせて佇《たたず》んでいる。なんというかアップグレードしてからメイはこう、一本芯《しん》が通ったというか、貫禄《かんろく》が出たように感じられるな。やはり何か心持ちのようなものが変わったのだろうか。俺の見方が変わっただけかもしれないな。

ちなみに通信に出た秘書官は間違いなくクリスのお祖父《じい》さんの側近だということはクリスから確認がとれた。用心に越したことはないので、一応俺達も軽く情報収集をする。

その結果、秘書官の情報などを入手することはできなかったが、シエラプライムコロニーにダレインワルド伯爵家所属の船が多数寄港していることが判明した。それもただの輸送船や旅客船ではなく、戦闘艦が。

どうやらクリスの祖父であり、ダレインワルド伯爵家の当主であるアブラハムは、クリスの叔父《おじ》であり自分の息子であるバルタザールに対してかなり警戒を強めているようである。

「とりあえず相手がクリスのお祖父さんだということは信じて良さそうだよな。これで叔父のほうの罠《わな》ってことはないだろう」

「はい。大丈夫だと思います。あの秘書官には見覚えがありますし」

「それでも警戒は怠っちゃダメよ」

「そうですね。接触してきたのがダレインワルド伯爵だとしても、それがクリスティーナ様の安全に100％繋《つな》がるというわけではありませんから」

エルマの慎重論にメイが賛同する。ミミはコメントに困っているようで、眉根《まゆね》を寄せながら首を傾げていた。

「とにかく時間だ、行くとしようか。一応レーザーガンだけは装備しておこう。ミミもな」

「はいっ」

ミミが返事をしながらポン、と自分の腰のホルスターを叩く。ミミにはもう少しレーザーガンの扱いを習熟させないとなぁ……せめて止まってる的には確実に当てられるようにしてもらいたい。また射撃訓練をみっちりやるかな。

クリシュナのタラップを降りたところで歩哨《ほしょう》のいかついお兄さん達がクリスに向かって無言で敬

礼をした。クリスはそんな彼らを言葉少に労《ねぎら》い、クリスに言葉をかけられたむくつけき男二匹が「もったいなきお言葉！」「姫様の安全は我が身命を賭《と》してお守り致します！」などと感極まった声を上げている。うーん、俺には理解し難い世界だ。

「こういうのを見ると、やっぱりクリスちゃんって貴族のお姫様なんだなって感じですね」

「お姫様だなんて流石に大げさですよ」

感心した様子のミミにクリスが苦笑いをしていると、見るからに高級そうな、ジープのような乗り物がクリシュナの前に停《と》まった。これはアレだな、ＲＶだな。

ＲＶと言ってもアレだ。地球で言うところのRecreational Vehicle（休暇を楽しむための車）ではなくReconnaissance Vehicle（偵察車両）ってやつだ。未開惑星の地表を探索する時に使う特殊車両だな。

小型ながらパワーアーマー以上の火力とシールドを装備しているなかなかに強力な乗り物だ。残念ながらクリシュナにはＲＶは積んでいない。

いや、アレって傭兵業では使い途《みち》がないんだよ。未開惑星を探査して、異星文明の遺物とか各種観測データを入手し売り捌《さば》く探索者業をするなら必須《ひっす》なんだけどさ。アレの乗降装置と格納スペースをクリシュナに載せるとかなりのスペースを食ってカーゴに殆《ほとん》ど何も積めなくなっちゃうからな。

歩哨をしていた厳《いか》ついお兄さん達も含めて全員でＲＶに乗り込み、港湾区画をなかなかの快速で移動してゆく。今日も港湾区画は賑《にぎ》やかだ。運搬用パワーアーマーを着込んで荷の積み下ろしをする港湾作業員達、観光に来たらしい裕福そうな家族、俺達と同じ傭兵っぽい男、よくわからない異星人……商人かな？　そんなのがそこら中を歩いている。

勿論《もちろん》帝国軍人も歩いている。あ、あの金髪の美人は間違いなくセレナ少佐だな。まぁ気づかれることもなく素通り――え、こっち見た。なんでわかるの？　こわ……戸締まりしとこ。

内心戦慄《せんりつ》しながらＲＶに揺られているうちに物々しい船が並ぶ区域に辿《たど》り着《つ》いた。どれもこれも最新鋭、とはいかないようだがなかなかに厄介そうな船が並んでいる。こういう艦隊の編成を見ると指揮官の趣味というものが見えてくるものだ。この艦隊の指揮官は堅実な戦運びを重視するみたいだな。

足の速い前衛の船には堅実に迎撃・防御に特化した武装を施し、後衛の大型艦は火力を重視した武装を施しているようだ。旗艦らしき大型船は見るからに頑丈そうだな。指揮能力と生存性を重視しているように見える。この艦隊とまともにやり合うのはクリシュナでもちょっと骨が折れそうだ。

「お待ちしておりました。そして御身のご無事を心より祈っておりました、クリスティーナ様。よくぞご無事で」

旗艦らしき船の格納庫でＲＶから降りると、そこには先程の通信で顔を合わせたダレインワルド伯爵の秘書官と、メイドらしき女性が待っていた。よく見ると、格納庫で働いている人員は男性は執事服、女性はメイド服を着ているようである。随分と酔狂な。

「お父様とお母様、そしてこちらのキャプテン・ヒロ様達のおかげです。お祖父様は？」

「お部屋でお待ちです。どうぞこちらに。キャプテン・ヒロと同行者の方々はあちらの者がご案内致します」

「どうぞこちらへ。応接室にご案内致します」

なかなかに怜悧《れいり》な雰囲気のメイドさんが俺達を案内しようと声をかけてくる。さて、ここでクリスを一人で行かせて良いものだろうか？　とクリスに視線を向けると、クリスは俺の視線に頷きを返してきた。心配要らないらしい。一応エルマにも視線を向けてみたが、エルマも同様に頷いてきた。なら良いか。

「わかった。また後でな、クリス」

「はい、ヒロ様」

微笑《ほほえ》むクリスに手を振り、ミミとエルマ、そしてメイを引き連れてメイドさんの案内に従って歩き始める。

少し歩いて気づいたのだが、この船の内装はなんとも凄《すご》いな。クリシュナの内装も客船並みだと前にエルマが言っていたが、この船はそれ以上だ。外見は立派な戦闘艦のように見えたが、内装はまるで一流ホテルかそれこそ貴族の屋敷のようである。流石《さすが》は貴族の当主が乗る船ということだろうか。

この船はダレインワルド伯爵家の私設軍の旗艦であると同時に、宇宙を駆ける別荘でもあり、迎賓館でもあるのだろう。だからクルーも執事服やメイド服を着ているのか。うーん、なかなかに自由な発想だな。

「どうしたのよ、キョロキョロして」

「いやぁ、この発想はなかったと思ってな」

「クリシュナも似たようなもんでしょ」

「そうか？」

「そうよ。やたらと居住性の高い内装を施して、船にはメイドロイドまで用意してるじゃない。その延長線上よ、この船」

「そうか……？」

確かにそう言われればそうかもしれない。うーむ、我が家という意味では居住性の高い大型母艦を入手するというのも一つの手なのかね？　無論、安い買い物ではないだろうけど帝国の上級市民権を購入した上で惑星上の居住地に土地を買って家を建てるよりはお安く済む。

それに、荷物を沢山運べる母艦を買えば稼ぎも一気にドンと上がるし、行動の幅も広がる。急がば回れとも言うし、本気で母艦の購入を検討したほうが良いかもしれないな。初めは一人では広すぎると思っていたクリシュナの船内も何かと手狭になってきたようにも思えるし。

いや、これ以上クルーを増やすつもりはないけども……ないぞ？　本当だぞ？

「なんだかお貴族様のお屋敷、って感じで私は落ち着きません……」

「その気持ちはなんとなくわかるな。でも趣味の良い内装じゃないか？　もっとギンギラギンにいかにも成金って感じだったら辟易《へきえき》するところだけど、調度品も派手すぎなくて品が良いじゃないか」

「それはそうですけどなんというかこう、雰囲気が」

「まぁ、ミミの趣味ではないよな」

ミミはこう見えて割とパンキッシュな美的感覚の持ち主なので、こういうきっちりとしたお上品な感じは趣味に合わないのだろう。是非もないな。

「こちらでお待ちください」

俺達が通されたのはなかなかに趣味の良い部屋であった。壁一面がガラス張りになっており、見事な庭園が望めるようになっている。まぁ、本当に窓の向こうに庭園があるわけじゃなく、そう見えるホロディスプレイか何かのようだが。

「了解」

「お飲み物をご用意致します。紅茶でよろしいでしょうか？　ご希望であれば他にもご用意させていただきますが」

「俺はそれでいい。二人は？」

「私もそれでいいわ」

「私もそれでいいです」

「承知致しました。少々お待ちくださいませ」

俺達を案内してくれたメイドさんがそう言って一つお辞儀をしてから応接室から出ていく。それを見送ってから俺は応接室に設置されているソファに身を沈めた。おおう、なかなかのふかふか具合。弾力が絶妙で深く沈みすぎることもないのは得点が高いな。テーブルも黒い光沢を放つ重厚な木製、のように見える。触ってみると感触的にもそう思える。本物の木製テーブルだとしたら、この世界だとこれだけでも一財産になりそうだな。木製の家具はべらぼうに高価だって話だし。

少し待っているとメイドさんがお茶を運んできた。湯気の立つ真《ま》っ赤《か》な液体である。

「どうしたの？」

「どうしたんですか？」

「……いや、なんでもない」

俺の知ってる紅茶と違う、と思ったが慎ましい性格をしている俺はそっとその言葉を胸の内にしまいこむことにした。味と香りは普通の紅茶だった。なんだろう、着色料でも添加しているんだろうか？　謎だ。もしかしたらそもそもの茶葉が違うのかもしれない。

そうして紅《あか》すぎる紅茶を啜《すす》りながら待つこと一時間弱。ついにその時が訪れた。

「お館《やかた》様がお越しです。席を立ってお出迎えください」

メイドさんの言葉に素直に従い、席を立って彼女が言うところのお館様――ダレインワルド伯爵の到着を待つ。

程なくして応接室の重厚な扉が開き、一人の初老の男性が部屋へと入ってきた。その後ろにはいかにも貴族のお姫様、という感じの瀟洒《しょうしゃ》な白いドレスを着たクリスの姿もある。

初老の男性は背が高く、体格もがっしりしていていかにも頑強そうな体つきだ。腰には大小二本の剣を差していて、貫禄がある。もともとは黒髪であったであろう髪の毛には白髪《しらが》が目立つが、ふさふさとしていて健康そうだ。

なにより、その目が特徴的だった。鷹《たか》のように鋭い雰囲気を宿す黒い目には力と光が溢《あふ》れており、衰えといったものが欠片《かけら》も見られない。正直に言えば、もっと弱々しい姿を想像していたんだが……うん、強そうな爺《じい》さんだ。

「アブラハム・ダレインワルド伯爵だ」

クリスの祖父、アブラハム・ダレインワルド伯爵はそう言って俺に睨《にら》みつけるかのような視線を向けてきた。なんだか知らんが凄い迫力だな。何にせよ伯爵閣下に先に名乗らせておいて、俺が名乗らないというわけにもいかない。俺はすぐさま口を開いた。

「傭兵《ようへい》ギルド所属、ゴールドランク傭兵のキャプテン・ヒロです。礼儀作法には全く自信がありませんので、無礼があったら何卒《なにとぞ》ご容赦を頂きたく。こちらの二人は私の船、クリシュナに共に搭乗するクルーで、こちらが副操縦士のエルマ、そしてこちらがオペレーターのミミです。後ろに立っているのはメイドロイドのメイです」

「エルマと申します」

「ミ、ミミと申します」

「メイと申します」

俺に紹介されたエルマとメイが恭しくダレインワルド伯爵へと頭《こうべ》を垂れ、ミミもなんとかそれに続く。どうもミミはダレインワルド伯爵を前にして気後れしているようだな。生粋の帝国臣民なわけだし、帝国貴族に対する畏怖《いふ》も一番大きいだろうから当然か。

「うむ……座るが良い」

「はい」

俺達全員が席に着くと、テーブルの上にお茶が再び用意された。例の真っ赤な紅茶である。真紅茶とでも表現したほうが良いのだろうか？　いや、もう紅茶でいいか。

「まずは感謝を。ダレインワルド伯爵家の継嗣たるクリスティーナを保護し、守り抜いたその働き、見事である。ダレインワルド伯爵家当主としても、クリスティーナの祖父としても貴公らには感謝している」

「勿体《もったい》なきお言葉……と本来は言うんでしょうが、正直かなり大変でありましたね、ええ」

「ちょっと……！」

「事実は事実として報告すべきだろ。クリスからも勿論話は聞いているんだろうが、俺達の口からもダレインワルド伯爵にはしっかりと報告するべきだ」

脇腹《わきばら》をゴスゴスと突いてくるエルマの肘《ひじ》を防ぎながら持論を展開する。

「そうだな。クリスティーナから一通り事情は聞いたが、お前達からも話を聞いたほうが良かろう」

という寛大なダレインワルド伯爵の一声で俺の主張の正当性が証明された。ドヤ顔をしたら鋭い肘打ちが俺の脇腹に突き刺さった。酷《ひど》い。

そして俺は所々ミミやエルマ、それにクリスにも補足してもらいながら俺達がどう動き、どのようにに襲われ、どうやってクリスの身を守ってきたのかをできるだけ詳細にダレインワルド伯爵に話した。

シエラ星系に辿り着いて早々に宙賊に襲われ、その戦利品の中にクリスのコールドスリープポッドがあったこと。見捨てるわけにはいかないので、そのコールドスリープポッドをシエラプライムコロニーに運び込んだこと。港湾管理局でコールドスリープを解除し、そうしてクリスと出会ったこと。

「ふむ、クリスティーナが貴公らと出会ったのは本当に幸運なことであったな」

「はい。それもこれもあの船から脱出させてくれたお母様とお父様のおかげです」

「そうだな……」

しんみりとした雰囲気となるダレインワルド伯爵とクリスの様子を見ながら紅すぎる紅茶で喉《のど》を潤し、話を続ける。

クリスから漂流に至る事情を聞き、報酬を対価に彼女を守るという依頼を受けたこと。クリスの叔父《おじ》の手の者から放たれる刺客を撹乱《かくらん》するために複数のリゾート惑星で宿泊の予約を入れたこと。出港した途端に刺客に襲われ、これを撃退したこと。そして滞在先のリゾート惑星が宙賊に襲われ、その襲撃を隠《かく》れ蓑《みの》にしてステルスドロップシップから降下してきた戦闘ボットと戦ったこと。俺の個人的な伝手《つて》を頼ってセレナ少佐の率いる対宙賊独立艦隊と行動を共にしたこと。そして、クリスの叔父の働きかけで動いたと思《おぼ》しき帝国航宙軍所属の戦闘艦隊に襲撃され、対宙賊独立艦隊と共にこれを撃退したこと。

「そしてシエラプライムコロニーに戻ってきたところでついに伯爵閣下と合流できた、というわけです」

「なるほど……うむ、クリスティーナから聞いた話とも矛盾はないようだ。必要経費の支払いも含め、十分な報酬を約束しよう」

「ありがとうございます」

その言葉が聞きたかった、とか言ったらエルマに首を絞められそうなので自重しておく。とりあえず俺としては経費を含めて十分な報酬が与えられるなら何の文句もない。クリスのような美少女を助けて大金を稼ぐこともできる。最高だな。

あん？　クリスが美少女じゃなかったらどうしてたって？　クリスが美少女じゃなく美少年でも、おっさんでもなんでも俺が助けたいと思うような相手だったら助けてたと思うよ。クリスが美少女であったことによって助けたいという気持ちがより強く働いた、という点に関しては否定のしようもないけどな！　そんなの当たり前だよなぁ？

「金額の詳細は後で詰めるとして、この後はどうしますか？」

「ふむ……」

俺の言葉にダレインワルド伯爵は顎《あご》を撫《な》でて少しの間考え込んだ。

「私がすぐに動かせる戦力は可能な限り連れてきたが、二線級とはいえ正規軍の戦闘艦隊に狙《ねら》われて無事で居られるかどうかはわからん。そちらにその気があれば引き続き護衛として雇わせてもらいたい」

「俺としては報酬次第でその依頼を受けたいと思います。二人はどうだ？」

「私もそれで構わないわ」

エルマとミミも引き続きクリスを護衛することに異存はないようだ。ミミは緊張のあまり言葉が出てこないのか、必死にコクコクと首を縦に振っている。メイにはこういった場で発言をするつもりはないだろうから最初から聞かない。

「では、報酬の話をするとしよう。まずは今までのクリスティーナの護衛に関してだな」

ダレインワルド伯爵の秘書官もその場に呼ばれ、報酬に関する協議が始まった。

その結果、追手の撹乱のために使った資金を含めてリゾート惑星で使ったエネルに関しては全額補填《ほてん》。その他に護衛の報酬も支払われることになった。流石《さすが》上級貴族様だな。合計で８００万エネルＰＯＮとくれたぜ。これが伯爵様にとってのクリスの命の値段ってことだな。

ただし、シエラⅢで買ったものとはいえ流石にメイの購入資金に関してはクリスの護衛に必要な経費としては補填されなかった。そりゃそうだな。正式に受領したのはついさっきであるわけだし、ついさっき受け取ったのであればクリスの護衛には何ら寄与していないと見做《みな》されるのは仕方のないことである。

これにセレナ少佐から受け取ったペリカンⅣの護衛料金24万エネルを入れて、ミミとエルマの分け前を引いてざっくりと計算すると、俺の所持金はおよそ２４４０万エネルになった。

シエラⅢへの滞在中に使ったエネルや、オリエント・インダストリーの受付嬢に唆されて購入したメイのケアをするための各種用品、オプションパーツ、その他諸々《もろもろ》に使った金も含めて雑に差っ引いてそんな感じだ。

ちなみにペリカンⅣの護衛とクリスの護衛でミミとエルマに入った分け前はそれぞれミミが４万１２００エネル、エルマが24万７２００エネルである。エルマはそろそろブロンズランクの傭兵が乗るようなクラスの船ならギリギリフルカスタマイズできるくらいの金額が手元にあるんじゃないか？　俺への返済は今の所1エネルもないけどな！

別に構わないけどね。エルマと一緒に居るのは楽しいし、頼りになるし。

しかし2440万エネルか。これだけあればクリシュナを収容できるような母艦に手が届きそうだな。カスタマイズすることを考えるともう少し資金が欲しいけど。

今までの分の報酬の精算が終わったから、次は『これから』の分の報酬の話だ。

「ゴールドランク傭兵を雇用する際の平均的な護衛料金は一日あたり8万エネルとされていますが、今回に関しては一日あたり25万エネルという金額を提示させていただきます」

そう発言したのはダレインワルド伯爵の秘書官であるとクリスが言っていた壮年の男性であった。一日あたり25万エネルとはなかなかの太っ腹である。セレナ少佐なんて一日8万エネルきっかりしか払ってくれなかったのに。

しかしそれでも三倍以上というのはちょっと解せない。高い分には勿論《もちろん》構わないのだが、何か裏があるんじゃないかと勘ぐってしまう。

俺が提示された金額に内心首を傾《かし》げていると、エルマがそっと耳打ちをしてきた。

「色々と事情があるんだろうけど、要は口止め料も込みってことよ。今回のダレインワルド伯爵家のゴタゴタに関して吹聴してくれるなよってことね」

「さっき事情を説明した時に言ったけど、セレナ少佐にはガッツリ話してしまっているんだが？」

「それも織り込み済みだと思うわよ。ダレインワルド伯爵家のゴタゴタ、というかクリスの叔父がやらかしたアレコレはダレインワルド伯爵家がひっくり返りかねないスキャンダルだけど、ステルスドロップシップの件や、帝国航宙軍に離反部隊が出た件は帝国の威信を揺るがしかねないスキャンダルよ。帝国とダレインワルド伯爵家でその辺りは内々に上手《うま》くやるから、吹聴するなってことね。もし今回のアレコレを吹聴して回ったらダレインワルド伯爵家だけでなく帝国航宙軍も敵に回しかねないから気をつけなきゃダメよ」

「ヒェッ……お口にチャックしとくわ。ミミも重々気をつけてくれよ」

「は、はい」

エルマの説明を聞いたミミも顔を青くして頷《うなず》いた。そんな俺達をダレインワルド伯爵家の方々がじっと見つめている。伯爵自身は無表情で。クリスは苦笑いを浮かべて、そして秘書官の男性は微笑を浮かべて。こええよ。

「その条件で受けさせてもらおうと思います」

「それは良かった。補給と『掃除』にもう数日かかりますので、そちらも出港準備を進めておいてください。傭兵ギルドにはこちらから手を回して、本日付けで依頼を出しておきます」

「了解」

掃除、と妙に強調して言ったのを華麗にスルーして頷いておく。どう考えても穏当な感じじゃないので、深く考えないようにしよう。帝国の上級貴族を敵に回すと怖そうだなぁ、ハハハ。

そういうわけで今までの護衛報酬を受け取り、新しい護衛契約を結んだ俺達はダレインワルド伯爵家軍の旗艦を後にすることになった。

「それでは、また明日からよろしくお願い致します」

厳ついお兄さん達の護衛を引き連れて見送りに来てくれたクリスがそう言ってペコリと頭を下げる。

「ああ、任せておけ」

「はい、クリスちゃんのために頑張りますね！」

「もう心配要らないと思うけどね」

見送りに来てくれたクリスに三者三様の言葉を返してその場を後に――しようと思ったところで俺はあることを思い出して足を止め、踵《きびす》を返した。そして着ているジャケットの内側に手を伸ばして目的のものを引っ張り出す。

おおう、別に武器を取り出そうってわけじゃないんだからそうやってレーザーライフルを構えるのはやめて欲しい。チビりそうだ。

「クリス、この首飾りだが」

俺がジャケットの内ポケットから取り出したのは、コールドスリープポッドで目覚めたばかりのクリスに護衛を依頼された時に護衛料の代わりとして受け取った首飾りであった。薄紫色のきれいな宝石で飾られた瀟洒《しょうしゃ》な作りの逸品だ。

「はい、まだ持っていてください。私の護衛はまだ終わっていないでしょう？　私の騎士様」

ダレインワルド伯爵家軍の艦隊は俺から見てもなかなかの戦力のように見えるし、俺の出る幕はもう殆《ほとん》どないと思うんだけどな。まぁ、クリスがそう言うならもう少しの間だけ預かっておくとするか。

「……姫様がそう望むならそう致しましょう」

「はい、そうしてください」

俺の返事にクリスが微笑みを浮かべる。うーん、美少女。いかにも貴族の娘さんらしい白いドレスに身を包んだクリスは、どこからどう見ても貴族のお姫様であった。

「それじゃあ、また」

「はい、また」

微笑を浮かべるクリスと、彼女を警護するレーザーライフルを装備した厳ついお兄さん達に見送られながら俺は再度踵を返す。

整備も補給も終わってるし、明日からは待機しているだけで一日25万エネルが懐に入ってくる夢のような日々だな。クリスが伯爵家軍の旗艦に移った今となってはクリスの叔父の手の者が俺達を狙う理由もないだろう。久々に羽を伸ばせそうだ。

#5：二度あることは三度ある

クリスをダレインワルド伯爵の船に送り届けたその翌日のことである。

朝のトレーニングを終え、汗を流して身綺麗《みぎれい》にした後の朝食の席でエルマがそんなことを言い出した。

「ミミと一緒に買い物に行きたいんだけど、良いかしら？」

それに対して俺は「ＯＫ！」と即答した。

「……いや、そんなに即答されるとは思わなかったわ」

「そらダメですとは言わんだろ。クリスはダレインワルド伯爵のとこで完璧《かんぺき》に守られてるし、もう俺達を狙ってくるようなこともないだろうからな。シエラⅢを脱出してから二人とも船に籠《こ》もりっきりだったし、息抜きは必要だろ？」

俺はメイのアップグレードのために昨日《きのう》外出したしな。次はエルマとミミが外で羽を伸ばしてくるのが順当だろう。

「ただ、念には念を入れてメイも連れてけ。俺は船から出ないから護衛も必要ないしな」

「ん？　んー……そうね、それが良いわね。そうするわ」

「メイさんも一緒にお買い物ですね！」

「はい。お供致します」

最初は過去の経験からメイドロイドであるメイを警戒していたミミだったが、今ではすっかり仲良しだ。メイの性能も上がってミミの教官役としても活躍できるようになったはずだし、今後とも仲良くしていってもらいたい。

「ああ、そうだ。メイにもお小遣いを渡しておこうか。折角買い物に行ってもお金がないと何も買えないからな」

「よろしいのですか？」

「よろしいのです」

メイは俺の扶養家族みたいなものだしな。それを言ったら、基本的に食事と住居、それに生活必需品の世話をしているミミとエルマもある意味似たようなものだけど。衣類だけは自分の趣味で購入してもらう必要があるから自弁してもらってるけどね。

「……これは、少々多いのでは？」

「服って意外と高いからなぁ」

前に買ったミミの服も全部合わせて3万エネル近くだったしな。メイに渡したのもミミの服にかけた金額とほぼ同じ3万エネルである。

「あと、生活必需品は経費で落としていいからな。そこら辺はいつも通りで」

「わかったわ。それじゃ、大人しく留守番してるのよ？」

「一人じゃやんちゃのしようもないから大丈夫だ」

まぁ、実際のところ船に人を残す必要は必ずしもあるわけではないのだから、本当は俺も一緒に買い物についていっても良いんだけどな。ただ、男の俺だと一緒に買い物するのには辛《つら》いものもあるし、やっぱり女性の買い物は長いからね。うん。

「じゃあ、行ってきますね！」

「行ってまいります」

「はい行ってらっしゃい。大丈夫だとは思うけど気をつけてな」

女性陣を見送ったら久しぶりの独りの時間だ。さて、何をして時間を潰《つぶ》そうかな？

「掃除……はメイが完璧にやってくれてるしな」

こっちに来てからは趣味らしい趣味がないんだよな、俺。元の世界に居た頃《ころ》は色々なゲームをやるのが趣味だったが、こっちじゃゲーム機ってもの自体がないみたいなんだよな。一応小型情報端末でゲームはできるんだが、どれもこれもカジュアル向けのライトなゲームばっかりなんだよな。

俺の趣味にはどうにも合わない。もっとこう、デカい画面で血沸き、肉躍るようなヘビーなゲームをしたいんだけどな。轟音《ごうおん》と硝煙、爆発と飛び散る血潮みたいな。

「……やべぇ、いつの間にかミミ達が居ないと日常生活が送れない身体《からだ》になっている」

独りで暇を潰すのも難しい身体になっていることに戦慄《せんりつ》しながらとりあえず食堂に向かうことにした。何にせよ突っ立ってぼーっとしているよりはまずは腰を落ち着けるべきだろう。なに、暇なら小型情報端末でニュースでも見ていれば良いじゃないか。

何かしらのゲーミングツールを探すのも良いだろう。これだけ科学技術の発展している世界なら探せば何かしらあるはずだ。ＶＲゲームを楽しめるゴーグル型端末とかあるかもしれない。

と、小型情報端末を手に取ったその時だった。突然食堂にブザーが鳴り響いたのは。

「……誰《だれ》か来たのか？」

女性陣が何か忘れ物をして帰ってきたならわざわざブザーなんて鳴らさないだろう。ということは、来客だ。クリスが遊びにでも来たのだろうか？

とりあえず放置するのも何なので、小型情報端末を操作してホロディスプレイを立ち上げる。すると、画面の向こうには最早《もはや》見慣れた顔が映っていた。

「留守です」

『怒りますよ』

ニコォ……と画面の向こうにいる金髪美女が威圧感のある笑みを浮かべる。今日はいつもの軍服を着ていないようだが、どう見ても画面の向こうの金髪美女はセレナ少佐であった。顔は笑ってるけど目が笑っていなくてとても怖い。

「いやぁ……今ミミ達居ないんで、ちょっと船に入れるわけには」

『どうしてミミさん達が居ないと私が船に入れないのですか？』

「身の危険を感じるので」

『それ、普通は女性が男性に言う台詞《せりふ》ではありませんか？』

笑顔のセレナ少佐のこめかみ辺りにビキビキと青筋が浮かんでいるように思えるのは俺の勘違いではないだろう。いや、実際には見えてないけどきっとそんな感じになってる。賭《か》けても良い。

「それは横においておいてですね、女性が男の船に単身乗り込むというのは世間体として良くないでしょう。ここは一つ間を取って俺が出ていくというのではどうでしょうか」

『ふむ……それもそうですね。良いでしょう、すぐに出てきてください』

「その前に用件を伺っても……？」

今日のセレナ少佐の格好はいつもの軍服ではない。しかしある程度活動的というか、見ようによっては俺やエルマと同じような傭兵《ようへい》っぽいスタイルにも見える。相変わらず腰には立派な剣を差しているが、丈の長いコートを着ているせいであまり目立たなくなっているようだ。

『半舷《はんげん》休息で暇なので遊びに来ました』

「なんで俺のところに来るんですか？　部下と遊びに行けば良いじゃないですか。ぼっちなんですか？」

『……休息の時まで上司と一緒とか気が休まらないじゃないですか。遠慮しているんです。ぼっちではないです。部下との人間関係は良好です。だからぼっちではないです』

セレナ少佐がプルプルと子犬のように震えながら抗弁する。わかった、悪かった。悪かったから涙目になるのはやめてくれ。とても悪いことをした気分になるから。

「OKOK、俺が悪かった。悪かったから泣かないでください。今行きます、行きますから」

『泣いていません』

少佐殿、震え声でそう言われても全く説得力がありません。これで追い返すのはあまりにも可哀《かわい》想《そう》なので、構ってやるか……軍服着てる時は完璧超人みたいな人なのに、何故《なぜ》私服の時はこんなにポンコツなのだろうか。普段シャキッとしている反動なのだろうか。

とりあえず小型情報端末のメッセージアプリを使って俺も外出することを伝えておく。クリシュナは出た後に遠隔でシールドを起動しておけば良いだろう。最終廃棄物の回収も水と空気の補給も終わっているから、シールドを起動していても問題はあるまい。

『ちょっと俺もクリシュナの外に出る。一応外部からシールド起動しておく』

メッセージアプリのグループチャットにそう書き込み、俺はそのままクリシュナのタラップへと向かった。格好はいつもの傭兵服だが、まぁ良いだろう。あちらもめかしこんでいるというわけではないし。

「お待たせしました、少佐殿」

「非番の時まで少佐殿はやめてください」

「ではどう呼べと？」

「セレナで良いですよ」

「ははは、ではセレナ様で」

セレナ少佐の提案を即答で受け流し、お互いにハハハ、ウフフと笑いあう。傍《はた》から見ると仲の良い男女にでも見えるのだろうか？　いや、ないな。俺とセレナ少佐の間に漂う微妙な緊張感を読み違える人はそうは居ないだろう。

「まぁ、良いでしょう。では、行きましょうか？」

「OK……で、どこに行くんです？」

「え？　こういう時は男性がエスコートしてくれるものなのでは？」

セレナ少佐がそう言ってキョトンとした顔で首を傾《かし》げてみせる。そんな彼女を見て俺は溜息《ためいき》を吐きながら両腕を組み、空——ではなくコロニーの天井を見上げた。

突然そんな無茶振りをされても困る。

☆★☆

「とりあえず、メシには早いしどっか適当にブラつきますか」

「ブラつく？」

「特に目的を設定せず歩き回るってことです。言い方を変えると面白そうなもの探し」

「面白そうなもの探し……それは楽しそうですね。無計画なのはいただけませんが」

「無計画なのは俺のせいじゃないからね？」

突然押しかけてきてどこかに遊びに連れていけ、エスコートしろというのは無茶振りにも程があると思う。俺だってこのシエラプライムコロニーはロクに歩き回っていないし、店や遊べそうなスポットの情報収集だって殆《ほとん》どしてないんだからな。

「しかし何の指針もなしに歩き回るのは非効率的ではないですか？」

「それは確かに。しかし指針はある！」

そう言って俺は小型情報端末の画面をセレナ少佐に向けた。

「VRステーション、ですか？」

「いえす。元々はシエラ星系まで来たは良いものの、リゾート惑星への降下予約が取れなかったり、思った以上に費用が高くて予算オーバーした人々が仮想空間でリゾート気分を味わうためにVR設備が使われたらしいです。今となっては高度なVR体験をするためだけにシエラ星系にまで来る人がいるくらいの一大観光産業になっているそうな」

「なるほど……しかし、なんというか折角こうして出かけているのに仮想空間に引き籠もるというのはなんだか不健全ではありませんか？」

「不健全なのか……？」

セレナ少佐の発言の意図が掴《つか》めず俺は首を傾げる。俺としては「VRですよ！　VR！　初体験だよヒャッホー！」くらいにテンションの上がるものなんだが。

「フルダイブ式のVRは棺桶《かんおけ》型のVRマシンに入る形になりますし、当然ダイブ中は無防備になります。それに、タチの悪いVRステーションの話も聞きます」

「タチの悪い？」

「ええ。客をVR空間に幽閉して実体《リアルボディ》ごと拉致《らち》し、そのまま宙賊に奴隷《どれい》として売りつける、といったようなのが最悪の手合いですね。宙賊に売るのではなく、好事家にそのまま違法奴隷として売り渡すとか、そこまで行かなくとも預かった貴重品を掠《かす》め取るといったような話も聞きます」

「なにそれこわい」

「他にはVR機器にクラッキングデバイスを仕込んでおいて、エネル口座から残高を掠め取るなんて話も聞きますね」

それは怖い。しかし妙に脅してくるな？　ははぁ、さてはアレだな。

「……ＶＲステーションに行くのが嫌なんですね？」

「そうは言っていませんよ」

セレナ少佐が完璧《かんぺき》な笑みを浮かべてみせる。そうは言ってないけど、言外に含むものを察しろということですね、わかります。

「ＯＫＯＫ、それじゃあ次はセレナ様の番ですね。俺は提案しました。それがお気に召さないということなら今度はセレナ様が提案をするべきだ。それがフェアってものでしょう？」

「む、そう来ますか。では、そうですね……これなんてどうですか？」

そう言ってセレナ少佐が自分の小型情報端末の画面を見せてくる。そこに映っているのは腕が六本ある人間大の昆虫型エイリアンのコックと、彼の手により生み出される多彩な料理、そして色とりどりのドリンクであった。

「シエラ星系はリゾート星系であり、基本的にその利用者は富裕層。そして富裕層に欠かせないのが美酒と美食。この星系には帝国だけでなく、他国からも高級な食材やお酒が取り寄せられ、他のリゾート星系へと送られています。当然、星系の交易ハブであるこのシエラプライムコロニーにもそれらを扱うレストランが多く存在するのです」

「却下」

「何でですか⁉」

俺の即時却下にセレナ少佐がキレ気味に理由を問い質《ただ》してくる。ほう？　聞きたいかね？

「そんなところに行ったらセレナ様は絶対またベロンベロンのへべれけになるでしょうが。その面倒を俺一人で見るのは絶対にノウ！」

「なっ……⁉　そんなことにはなりませんっ」

「どの口で言うか前科二犯」

「くっ……！」

俺の口撃にセレナ少佐が怯《ひる》む。こうかはばつぐんだ！　というか真面目《まじめ》な話、セレナ少佐とサシで飲んで、ミミやエルマの居ない状況でぐでんぐでんに酔ったセレナ少佐にウザ絡みされて泣きつかれて甘えられてその上で無防備な姿を曝《さら》け出《だ》されたら俺の理性が保つかどうかわからん。

セレナ少佐はどこからどう考えても在《あ》り処《か》の露見している反応地雷みたいな存在だが、その実とんでもない美人さんなのだ。手を出せばマズいのはわかっているが、それでも手を出してしまう可能性は十分にある。俺は俺の理性をあまり信用していないんだ。だから危険は冒せない。

「おいおい喧嘩《けんか》か？」

「お、やっぱすっげぇ美人じゃん」

セレナ少佐と言い合っていると、俺とセレナ少佐の間を遮るように二人の男が割り込んできた。なんだこいつら。見るからにチャラそうな連中だが。

「何です？　貴方達《あなた》は」

セレナ少佐が絶対零度の声音で問う。俺としても野郎の背中なんぞ見たくないんだが？

「お前らがどこの誰か知らんがやめとけ。彼女に手を出すのはオススメできないぞ」

「あぁ？　てめぇなん――!?」

男は振り返りながら拳《こぶし》を振りかぶって殴ろうとしたが、俺が右手で男の首を真正面から掴み、振りかぶった腕の手首を左手で掴む方が早かった。うん、流石に短気すぎない？　もしかして酔っ払っていらっしゃる？　それとも何かおキメになっていらっしゃる？

「なぁ、面倒事は御免なんだよ。わかってくれるよな？」

そう言いながら徐々に両手に力を込めていく。もう一人の男はどうしているのかと思ったら、セレナ少佐が腰の剣の柄《つか》に手をかけているのを見て固まっていた。どうやらセレナ少佐が貴族であることを知って身体《からだ》が竦《すく》んでいるらしい。

俺が正面から絞め上げている男が膝蹴《ひざげ》りを繰り出してきそうな気配を感じたので、蹴られる前に喉仏《のどぼとけ》に軽く打撃を加えながら突き飛ばして男を解放する。

「ぐぇっ!?　げほっ！　げほっ！　て、てめっ……！」

「お、おい、やめとこう」

「あぁっ!?　ここまで虚仮にされて――」

俺に突き飛ばされた男がいきり立つが、そこでセレナ少佐が無言で剣の鯉口《こいぐち》を切った。それを目にした男の顔が一気に真っ青になる。

「私達に、何か、用が、あるのですか？」

「なんでもありませんっ！」

「失礼しましたぁっ！」

男達が脱兎《だつと》の如《ごと》く駆け出していく。おーおー、大した逃げっぷりだ。やっぱり貴族ってのは平民に恐れられているんだな。

「ふん、興が削《そ》がれましたね。まったく無粋な」

「はいはい、怒らない怒らない。セレナ様は笑っていたほうがお美しくあられますよ」

「……貴方はそのような言葉を女性にかけてまわってその心を籠絡《ろうらく》しているのでしょうね」

「人のこと女たらしみたいに言うのやめてもらえます？」

「実際貴方の周りは女性だらけでしょう」

「ぐっ……！」

今度はセレナ少佐の口撃が俺にクリティカルヒットである。確かに俺の周りには女性が多いけどさぁ……成り行きなんですよ、本当に。あの場でミミを見捨てることも、エルマを見捨てることも俺にはできなかったんだから。目の前で美少女や美女が酷《ひど》い目に遭いそうになっていて、自分に助ける手段があるなら助けてしまうだろう？　男ってのはいつだってかっこつけなんだからさ。え？　困ってたのがおっさんだったら？　助けないんじゃないかな。俺は聖人君子でもなんでもないんだからさ。男は自分でなんとかしてくれ。

「ＯＫ、この話はやめよう。はいやめ」

「別に良いですけれど。それで、どうしますか？　このままだとまた変なのに絡まれるかもしれませんよ。貴方はトラブルを引き寄せる体質のようですし」

「俺？　俺か？　今のはセレナ様じゃね？」

「私が独りで外出した時にあのような輩《やから》に絡まれた経験はありませんね」

「なん……だと……？」

こんなに目を惹《ひ》く美人ならナンパされたことは一度や二度ではないと思うんだが。

「まぁ、それは良いです。それよりも、どこかで落ち着きましょう。周りの視線も痛いですし」

「そう言って飲み食いどころに連れて行くつもりでしょう？」

「うふふ」

「ははは」

☆★☆

「で、結局こうなると」

「望んでも私と食事を共にすることができる男性などそうはいないのですよ？　一体何が不満なのですか？」

「節度を守ってくれれば何の不満もないんですがね？」

「……善処します」

目を逸《そ》らすな、目を。まぁ、今のうちにミミ達に救難信号を発信しておこう。この店の場所を送信して、更に『セレナ少佐とサシ飲み状態になってるから助けて』と。これでヨシ！

俺が小型情報端末でミミ達に連絡を取っている間にセレナ少佐は注文を終えたようだ。すぐに俺達の居る個室の壁にある小さな扉が開き、注文した飲み物や食べ物が運ばれてくる。あれだ、回転寿司の注文レーンみたいなシステムだなこれは。

「では乾杯しましょう」

「はいはい、何に乾杯しますか？」

もう他人の目もないし、言葉遣いは普段通りのものに戻して構わないだろう。

「何だって良いでしょう、とにかく乾杯です」

セレナ少佐はワインらしき液体の入ったグラスを、俺はソフトドリンクの入ったグラスを掲げて互いに軽く触れさせあう。触れ合ったグラス同士がチン、と澄んだ音を立てた。高級料理店だけあって、ソフトドリンクが注《つ》がれたグラスも何やらやたら薄くて高級そうな感じだ。

「ふぅ、美味《おい》しいですね。流石《さすが》は帝国の娯楽が全《すべ》て集まる場所と呼ばれるだけはあります。実に良いワインです」

「そりゃ良かった」

頼むから自制してくれよ？　という言葉が喉《のど》から出かかるが、何度も同じことをくどくどと言うのは逆に良くないだろう。押すなよ？　絶対押すなよ？　みたいに取られても困る。

「それで、彼女達を呼んだのですか？」

グラスをテーブルに置いたセレナ少佐がジト目を向けてくる。なかなかに目ざといな。注文している隙を狙《ねら》ってササッとやったんだが。

「やむを得ない処置だ。お互いのためだから」

「むー……前々から思っていたのですが、貴方はちょっと私に冷たいのではないですか？　冷たいというか、壁を作っているというか……もう少し心を開いてくれても良いんですよ？」

「えー……？」

尚《なお》もジト目で睨《にら》んでくるセレナ少佐に困惑する。そりゃ壁を作るに決まってる。心の壁全力だよ。クリシュナのシールド並みに強固な心の壁を張ってるつもりだよ。

「いや、面倒なのは御免だし」

「真顔で人のこと面倒とか言うのやめませんか？　泣きますよ？」

「泣くのは卑怯《ひきょう》だろう？　でも面倒以外の言葉が思いつかないんだよなぁ」

「どこが面倒なんですか⁉」

「帝国航宙軍少佐で侯爵令嬢ってだけでシーカーミサイルの飽和攻撃並みに面倒だと思うんだけど」

「そんな正論は聞きたくありませんっ！」

ヤケになったのか、セレナ少佐がグラスのワインを一気に呷《あお》る。やめなされ。無理な飲み方はやめなされ。過ちを繰り返してはならぬ。

「というか、セレナ様も侯爵令嬢だろ？　婚約者とかいるんじゃゃ？」

「……その話はしたくありません」

「……さようで」

セレナ少佐が物凄《ものすご》く嫌そうな顔をしたので、この話題には触れないことにしよう。多分居ても物凄く相手が気に入らないか、或《あ》るいは婚約者関係で嫌な思いをした経験があるのだろう。

「……気になりますか？」

「いえ、別に」

「気になるって言ってください！　そこは！」

俺が即答して首を横に振ると、セレナ少佐はドンとテーブルを叩《たた》いて騒ぎ始めた。

「あんた本当に面倒臭いな!?」

当店で台パンは迷惑行為としてお断りだよ！　店員さんを呼ぶぞ！

「また面倒臭いって言った！　どうせ私は面倒臭い女ですよ！　このまま独り身でシワシワのおばあちゃんになっちゃうんです！」

「いやそうはならんやろ……侯爵令嬢ともなれば政略結婚とかそういうのでどうしても結婚させられるんじゃ？」

俺は貴族事情には明るくないが、高位貴族の娘ともなれば引く手数多《あまた》。侯爵家と縁を結びたい家は多いだろうし、結婚相手に困ることなんてないんじゃないだろうか？　無論、侯爵家としても血の縁を結ぶに値する家とでなければそうそう婚姻関係を結ぼうとは思わないんだろうけど。

「顔も知らない相手との結婚なんて嫌です」

「いや、会って実際に付き合ってみれば相手の良い面を見つけられるかもしれないじゃないか」

「それで実際に会ってみたら、銃どころか剣もまともに握ったことのない軟弱者だったり、逆に筋肉ムキムキの大男なのに私に剣で勝てない軟弱者だったり、剣の腕は悪くない代わりに平民を平気で何人も斬り殺す性格破綻《はたん》者だったりしたわけです」

「つまりあまり筋肉ムキムキの大男でなく、かつセレナ様に負けないほどの剣の腕があって、更に人徳に恵まれた好人物でないと嫌だと……理想が高すぎるのでは？」

好みでない男達にばかり当たったのはご愁傷さまとしか言えないが、それでやたらと理想を高くしてしまうのはどうなのだろうか？　よりぼっち化が進むだけなのでは？

「自分の伴侶《はんりよ》に理想を求めて何が悪いのですか」

セレナ少佐は俺の冷静なツッコミから逃れるように備え付けのタブレット端末を操作し始めた。これは今日もぐでんぐでんになりそうですね。

「というか、その点で言えば俺もセレナ様の趣味に合わないと思うけど。俺は剣なんて使えないし」

生まれてこの方剣なんて持ったことがない。そりゃ子供の頃《ころ》に棒切れでちゃんばらくらいはした覚えがあるが、剣道なんかを習っていたわけでもないしな。高校の頃の修学旅行で京都に行って模造刀を買ってしまったという黒歴史はあるけど……いやだって初めて見たけどかっこよかったんだもの。模造刀。危ないからロクに振り回した覚えもないけど。

「貴族でない貴方が剣に通じていたら逆に驚きです。ですが、貴方はパワーアーマーを着て単身で変異生命体の群れを相手にする度胸とそれらを薙《な》ぎ払《はら》う武勇があり、更に言えば戦闘艦を駆って宙賊を狩るだけに留《とど》まらず、ベレベレム連邦の艦隊に単艦で飛び込んで旗艦を撃沈するという無謀とも思える作戦を完遂する戦闘艦乗りとしての類稀《たぐいまれ》なる才能があり、門外漢だと言いながらもおよそ宙賊を狩るのに適さない対宙賊独立艦隊の編成を活《い》かして宙賊を狩るための戦術を構築する戦術眼も有しています。それに――」

「OKOK、それくらいにしてくれ。そんなに褒められるとむず痒《がゆ》くてたまらない」

なおも俺を持ち上げようとするセレナ少佐の言葉をなんとか押し止《とど》める。なるほど、セレナ少佐は強い男に憧《あこが》れるけどマッチョマンは嫌というタイプの人であったか。そう考えると確かに俺は割と彼女の好みに合致しているのかもしれない。

「しかしそれにしたって俺はかなり無理目というか、無理でしょう。仮に俺とセレナ様が相思相愛だとしても無理では？」

「……わかってますよぅ」

溜息《ためいき》を吐《つ》きながらセレナ少佐がタブレット端末を俺に手渡してくるのを受け取り、俺は即座に注文履歴を見る。めっちゃ酒らしきもの頼んでるじゃん。この人マジで学習しないな。

「少なくとも今のままでは無理です。貴方がせめてプラチナランカーになって、できればゴールドスターでも取ってくれればなんとかなると思いますけど」

「プラチナランカーはともかく、ゴールドスター？」

聞き覚えのない言葉に俺は首を傾《かし》げる。

「一等星芒《せいぼう》十字勲章です。ゴールドスターは所謂《いわゆる》俗称というやつですね。帝国航宙軍の作戦行動下において著しい戦果を挙げた者に授与される勲章で、事実上いち兵士に与えられるものとしては最

上位のものとなります。受勲者には多額の年金と、限定的ながら子爵位の貴族と同じ待遇を受けられるという特典がついているので……」

「なるほど……まぁ、実力だけでなくかなり運要素が強そうなアレですね」

「相応《ふさわ》しい戦場さえあれば、貴方ならば取れそうな気がしますけどね」

ジーッとセレナ少佐が視線を送ってくるが、気づかないふりをする。変に反応してそういった戦場に放り込まれるのは御免だからな。

「なんで無視するんですかぁー！　構ってくださいよぉー！」

「あー！　皆早く来てくれーッ！」

高級店なだけあって防音は完璧《かんぺき》なのか、いくら騒いでも店員さんに怒られることはなかった。

しかし、ミミ達が買い物を切り上げて駆けつけてくるまで俺は延々とセレナ少佐にウザ絡みをされ続けるのであった。

#6：はじめてのゲートウェイ

クリスをダレインワルド伯爵の元に送り届けてから三日後。遂《つい》に俺達はシエラプライムコロニーを出港することになった。

え？　セレナ少佐？　メイの働きもあってなんとかべろんべろんのへべれけ状態になるのは避けられたよ。適切なタイミングで水を飲ませるのにメイは随分と役に立ってくれた。うん。

ちなみに、この三日間でシエラプライムコロニーでは身元不明の死体が街灯に吊《つ》るされて晒《さら》し者《もの》にされたり、入り組んだ場所にあるちょっと治安の悪い地域で銃撃戦が発生したりとなかなかにショッキングな事件が続いていたようである。

ダレインワルド伯爵の秘書官が言っていた『掃除』という言葉が脳裏を過《よぎ》るが、深く考えないようにしておこう。イヤー、ナンカヨクワカラナイケドコワイナー。

初日はセレナ少佐に大層振り回されることになったが、その後は搬入されてきたメイ用の最新型メンテナンスポッドをカーゴルームに設置したり、ミミやエルマ、それにメイとイチャついたりしていた。クリスが居たときは流石に色々と気を遣ったからな。

それにしてもメイの影響なのか、二人とも妙に積極的というかなんというか……いや、メイに対抗しているとかそういう感じではないんだけど。寧《むし》ろミミとエルマはメイに好意的というか、とても仲良くしている。二人ともよくメイと話しているし、一緒にお風呂《ふろ》に入ったりもしているようだし。

なんというか、ミミとエルマとメイで結託しているような雰囲気があるんだよな。謎だ。俺としては三人が仲良くしてくれるならそれで構わないけれども。

「ヒロ様？」

「ん？　おお……いやちょっと考え事をしていた」

「大丈夫なの？　これから出港よ？」

「いやぁ昨晩のことを思い出――痛い痛い痛い痛い」

微妙に顔を赤くしたエルマが俺の耳を引っ張ってくる。ははは、エルマはいつまでも初々しくて可愛《かわい》いなぁ。

今回の出港に関してはこちら側からの手続きは特にいらない。クリシュナが一時的にダレインワルド伯爵家の船団に組み込まれているからだ。手続きはダレインワルド伯爵家のほうでやってくれるから、俺達は港湾管理局からの通知に従って船を出港させればいいわけだ。

「これでなんの襲撃もなければ丸儲《まるもう》けなんだけどなぁ」

「そうですね。それで一日25万エネルってすごいですよね……流石《さすが》貴族様というかなんというか」

「見栄もあるからね。上級貴族がゴールドランクの傭兵《ようへい》を相場で雇った、なんて話が広まると『あの家は落ち目なんじゃないか？』みたいに言われるわけよ。その辺は商人なんかも同じね。軍なんかがゴールドランク傭兵を雇う場合は相場の８万エネルになることが多いけど、商人なんかだと相場の一・五倍から二倍、貴族だと最低でも二倍以上から、みたいな風潮よ」

「へー……お大尽な世界なんですねぇ。一般庶民の私からすると金額が大きすぎて実感が湧かないです」

「そう言うけどミミ、貴女《あなた》も世間一般から見るとかなりの高給取りよ？」

「あ、あはは……最近自分の端末のエネル残高を見るのがちょっと怖いです」

ミミにどれくらい報酬を渡したのかは正確には覚えていないが、多分先日の報酬で合計10万エネルくらいにはなっている筈《はず》だ。つまり日本円換算でおよそ１０００万円。ミミは一応この世界の成人年齢に達してはいるが、その年齢で10万エネルの貯金を持っている人というのはそうそういまい。

エルマは多分１２０万エネルくらいになっているはずだ。まぁ、エルマは酒を10万エネル分買ったりしてるからアレだけど。エルマの借金は３００万エネルだから、ようやっと四割くらいってところだな。

「あ、ヒロ様。船団の出港許可が下りたみたいです。私達は最後尾ですね」

「了解。タイミングが来たら教えてくれ」

「はい。各艦順次発進しています……やっぱり大型艦は動きが鈍いですね」

「港内じゃね。質量が大きい分、変に加速して何かにぶつかったら大惨事だから」

「そうだな、大惨事だな」

俺はやったことないけど、ＳＯＬ《ステラオンライン》でも小型艦から中型艦、大型艦に乗り換えた初心者が、今まで乗っていた小型艦と同じ感覚で出港して買い替えたばかりの船を港湾施設や他の船に衝突させて大破させるなんてのはＳＯＬあるあるだったからな。

少しすると俺達の番が来たので、ハンガーとのドッキングを解除して船を進ませる。今日もシエラプライムコロニーは盛況のようだな。

先日起こったシエラⅢに対する宙賊の襲撃に関しても、結果的にはシエラⅢの防衛戦力と帝国航宙軍が宙賊の襲撃を凌《しの》ぎきったということでリゾート惑星のセキュリティシステムに対しての信頼度は寧ろ上がったらしい。そこはかとなく情報操作の臭いがするが、まぁ深くは突っ込むまい。

「あぁー、やっぱ船はいいなー。この宙を滑るような感覚、船を掌握している全能感、仄《ほの》かな緊張感、全《すべ》てが最高だ。なんというか、海に飛び込んだ時みたいな解放感を感じる」

「海に飛び込んだ時みたいな、ですか……」

斜め後ろからミミの声が聞こえてくる。首を傾げているような雰囲気だな。こればかりはなぁ。本当に感覚的な話だし、他人が理解するのは難しいように思う。

「まぁ、気持ちは何となくわかるかも。私は海というよりは森に入った時みたいな解放感だけど」

船に乗るとエルマも同じような解放感を覚えるらしい。船乗りには大なり小なりそういう感覚が芽生えるものなのかもしれないな。

「私もいつかそんな感覚を覚えるようになりますかね？」

「かもな。俺ともエルマとも違った感覚だろうけど」

もしかしたら心の中にある自由とか、楽しいとか、そういうものの原風景なのかもしれないな。この感覚は。

「私には少し理解の難しい話です」

サブオペレーターシートに座ったメイの声も聞こえてくる。クリスが船を降りたので、メイがサブオペレーターシートに座ることになったのだ。基本的にはミミの補佐に徹してもらい、ミミのオペレーター技術の向上に力を注いでもらう形になる。彼女が十全にその能力を発揮するとオペレーターの役目を完璧に果たしてしまうからな。

などと考えながらスイスイと港内を移動し、気密バリアゲートからシエラプライムコロニーの外に出る。

「左下方の船団です。フォーメーションを整えているようですね」

「俺達は殿《しんがり》だったよな？」

「はい」

下手《へた》に先頭とかよりも殿のほうがどの方向から船団が襲われても駆けつけやすいんだよな。先頭だと真正面から敵が来ない限り基本は回頭しなきゃならないし。俺にかかれば一瞬だけど、その一瞬が命取りだったりするからな。まぁ殿は殿で一番最初に攻撃を受けやすい位置なんだけども。

既に整いつつある船団のフォーメーション、その最後尾にするりと滑り込む。

「超光速ドライブ、ハイパードライブ共に同期モード」

「超光速ドライブ、ハイパードライブ、同期モードに設定しました。同期申請、受諾されました」

「おーけい。んじゃあとはのんびりするだけだな」

今回は船団を組んでの同期航行なので、超光速航行中もハイパードライブ中も俺達が直接操作するような必要は何もない。旗艦の操作に従ってオートで航行する形になるからな。

程なくして轟音《ごうおん》とともにクリシュナが超光速航行に移行し、暫《しばら》くして自動的にハイパードライブが起動し、ハイパースペースへと突入する。

「何度見ても不思議な光景ですよねー」

極彩色の光を放つハイパースペースを見てミミが溜息を漏らした。

「そうだなぁ。あんまり長く見てると気持ち悪くなりそうだけど」

「そうですか？　私はずっと見ていられそうです」

「ミミって変なところで頑丈よね……」

「えぇ……なんか酷《ひど》い言われ方をしている気がします」

ミミが不満げな声を出しているが、俺もエルマの意見に同意である。敢《あ》えて口には出さないけど。

いやだってさ、ハイパーレーンの光景ってなんかこう、極彩色の混じり合った巨大なチューブの中のような、それでいて広大な空間のような、よくわからないサイケデリックな感じの光景なんだよ。パッと見は鮮やかで綺麗《きれい》に見えるけど、俺は長く見てると遠近感とか平衡感覚が狂って気持ち悪くなってくるんだよな。

そんな光景を綺麗と言っていつまでも見ていられるミミは変なところでタフだと思うよ。本人は納得できないみたいだけど。

☆★☆

さて、旅路の方はというとすこぶる順調であった。基本的に干渉することが不可能であるハイパードライブ中に事故など起きるはずもなく、また通常空間に戻ってからも超光速ドライブ中にインターディクトをかけられることもなかったからだ。

俺達はハイパーレーンを伝って恒星間航行を繰り返し、シエラ星系から四つ先にあるバルデミューレ星系に辿《たど》り着《つ》いていた。ハイパーレーンを使ったハイパードライブ航行で目的地であるデクサー星系に行くのであれば反対方向とも言える回り道であったが、この星系を目指すのには勿論《もちろん》意味があった。

「ふあー……あれがゲートウェイですかぁ」

「いやー、こうして見るとおっきいねぇ」

虚空に佇《たたず》む巨大構造物を目の当たりにしたミミが目を輝かせ、俺も小学生並みの感想を口にする。いや、だってもうおっきいねぇとしか言いようがないんだよ。この難解な構造物を言葉にしてごく単純に表現すれば、スペースコロニーを遥《はる》かに超える大きさのメタリックな三角錐《さんかくすい》が対になっている巨大装置、だろうか。

対になっている巨大な装置の間には不可思議な燐光《りんこう》を放つ歪《ゆが》んだ空間が発生しており、多くの船がその歪みの中を出入りしている。アレが帝国の技術の粋を集めたゲートウェイであるらしい。

俺の知っているゲートウェイと形が違うが、この世界の全てが全て俺が元の世界で遊んでいたSOLに準拠しているというわけでもなし、些細《ささい》な違いなのだろうと思う。そもそも開発・管理をしている銀河帝国からして別物であるわけだしな。

「そっか、あんた達はゲートウェイを見るのは初めてだったのね」

「知識としては知っていたけどな」

「そうですね。私もヒロ様と同じです」

知識として知っているのと実際に目で見るのは別だよなぁ。しかしデカイ。本当にデカイ。センサーが表示してるスケール間違ってない？　大丈夫？　対の装置の片方の大きさだけでもシエラプライムコロニーより遥かに大きい。対の装置の間に発生しているゲートの大きさも加味すると、全体の体積は下手するとそこら辺の惑星よりも大きいのではなかろうか。まさに天文学的なスケールの巨大構造物ってやつだな、これは。

「でも、ここまで来れば安心ですよね。ゲートウェイには帝国軍の防衛部隊が駐屯していますから、襲撃もないでしょうし」

「そうだな、ここで襲撃をかけてきたら馬鹿だな。一瞬で灰にされるんじゃないか？」

このゲートウェイという巨大装置は何千光年、何万光年という天文学的な距離を一瞬で移動することができる、銀河帝国にとっては首都星星系の次くらいには重要な戦略拠点である。

当然、その警備に当たる戦力は今までに俺達が訪れた星系に駐留していた帝国軍の防衛戦力とは比べ物にならないほどに強力だ。もし無謀にも戦いを挑んだ場合、いかにクリシュナが優れた戦闘艦といえどもひとたまりもなく宇宙の塵《ちり》と化すだろう。

ぶっちゃけて言うと、ここを落とそうとするのならば帝国の全戦力と事を構えることができるほどの戦力が必要だろうな。何故《なぜ》かって？　そりゃここを襲えばたちまち帝国の支配地域に存在する他のゲートウェイからもガンガン増援が送られてくるに違いないからだ。

先程も述べたように、こういったゲートウェイに配備されている戦力は強大である。同時多発的に複数のゲートウェイを襲撃でもしない限り、他のゲートウェイの守備隊までもがゲートウェイを通ってここに集結してくるわけだ。それはもうとんでもない戦力が押し寄せてきて、それこそ蜂の巣を突《つつ》いたような騒ぎになることだろう。

「そうね。一瞬で消し炭ね。だから、ここまで何もなかったということは、これから先が危ないってことよ」

「そうなるか？　まぁそうなるよな。ええと、目的地のデクサー星系って向こうのゲートウェイからいくつ隣だっけ？」

「五つですね。向こう側のゲートウェイがあるのがニーパック星系で、そこからメルキット星系、ジーグル星系、ウェリック星系、コーマット星系を経由してデクサー星系です」

そう言ってミミがコックピットのホロディスプレイに銀河地図を表示して見せてくれる。俺はそこからさらに操作して各星系を繋《つな》ぐハイパーレーンを表示し、ハイパーレーンを渡るのに必要な平均時間も表示した。

「余程のことがないとゲートウェイの守備艦隊は動かないけど、隣の星系くらいまでなら出張ってくる可能性があるよな」

「そうね」

「となると、ジーグル星系かウェリック星系が怪しいか。伯爵が何の対策もしていないとも思えないけど」

「伯爵位を持ってるならデクサー星系から繋がる周辺一星系は領地として帝国から下賜されているでしょうから、コーマット星系まで入れれば万全でしょう。ゲートウェイから繋がるメルキット星系は帝国直轄領だから、伯爵が直接何か働きかけなくても安全は保証されているようなものね。ジーグル星系やウェリック星系を管轄している貴族と仲が良ければ星系軍を護衛として融通してもらっているかもしれないけど」

エルマがそう言いながら銀河地図を操作すると、各星系の支配者ごとに色分けがされた。エルマの言う通り、メルキット星系は帝国の直轄領、そしてジーグル星系とウェリック星系はそれぞれ別の貴族が支配しており、コーマット星系はダレインワルド伯爵家の所領であるらしいということがわかる。

「俺の感覚だとお隣の貴族同士ってあまり仲が良くないイメージなんだが」

「私もそういうイメージです」

「別に全部が全部そういうことではないと思うわよ？　産出する資源や星系で力を入れている産業が被《かぶ》っていたりするとそういうこともあるみたいだけど」

流石に銀河地図に貴族同士の仲の良さみたいな情報は含まれていないので、そこまでは調べることはできそうもない。普段は貴族同士の事情が仕事に関わることなんてないから、情報収集してないしなぁ。今まで気にかけたこともなかったよ。

「結論としてはまだ安心するには早いってことよ。緊張感を持ち続けなさい」

「へーい」

「はいっ！」

徐々に眼前へと近づいてくる巨大な空間の歪みを見ながら俺とミミが返事をする。痛っ、締まりのない返事をしたからって太腿《ふともも》を抓《つね》るのはやめろ。

「ところでここまでの話を聞いてメイはどう思う？」

ずっと無言で俺達の話に耳を傾けていたメイにも話題を振ってみた。彼女はこういう時はこちらから水を向けてやらないと決して口を開かないんだ。あくまでも俺の補佐であるという立場を優先するみたいなんだよな。もっと積極的に会話に入ってくれると良いんだが。

「そうですね。一番危険度が高いのはコーマット星系へのワープアウト直後かと」

今まで俺達がしていた検討の内容が一言でばっさりとやられてしまった。

「その心は？」

「ダレインワルド伯爵領は当然ながらアブラハム・ダレインワルド伯爵のホームですが、同時にバルタザール・ダレインワルドにとってのホームでもあります。今までの行動から察するに、バルタザール・ダレインワルドは何らかの方法で他者を意のままに操る術に長《た》けているように思われます。コーマット星系の防衛戦力――つまり星系軍が彼に籠絡《ろうらく》されていた場合が一番危険なパターンでしょう」

確かに、クリスの叔父《おじ》のバルタザールは宙賊を大量に動員してシエラⅢを襲ったり、帝国航宙軍の機密兵器であるはずのステルスドロップシップを投入してきたり、辺境部隊とはいえ帝国軍の正規軍をこちらにけしかけたりしてきた。

その手腕をコーマット星系の防衛戦力にも振るっていたら？　そりゃ確かに怖い。ダレインワルド伯爵が率いるこの船団の戦力は恒星系の防衛戦力に匹敵する質と量だと思うが、ワープアウト直後の油断した瞬間を狙《ねら》われるとどうなるかわからないよな。あっちは出待ちできるわけだし。

「……一応伯爵に伝えたほうが良いか？」

「私達が考えつくようなことは伯爵も考えてると思うけどね。というか、この推測は完全にダレインワルド伯爵の政治的手腕を馬鹿にする内容だから」

そう言ってエルマが苦笑いをする。いやまぁ、確かに自分のとこの防衛戦力を掌握できてない可能性あるから危ないっすよ、とか本人に言ったらそりゃ激おこですよね。俺的には自分の子供の跡目争いを制御できなかった時点であの爺《じい》さんの政治的手腕は正直あまり期待できないなとか思ったりもするわけだけど。

「処置なしか」

「処置なしね。精々頑張って生き残りましょ」

「処置なしなんですね……」

エルマが肩を竦《すく》め、ミミが溜息《ためいき》を吐《つ》く。俺も溜息を吐いた。急に不安になってきたぜ、はっはっは。

☆★☆

いかに自由な傭兵《ようへい》といえども、雇われてしまえばその間はしがない雇われ人である。雇用主にそうそう具申などできないし、そもそも相手は帝国貴族。それも上級貴族の伯爵閣下である。そんな人に『あんたのとこの手下が裏切りそうな予感がするから警戒強めません？』とか言ったらどんな反応を返されるか……想像するだけで恐ろしい。いきなり剣を抜いて切捨御免とかしてくるかもしれない。

「というわけで何も言えないキャプテン・ヒロなのであった、と」

とメッセージを送りながら画面をタップし、要らない手札を捨てる。

『お祖父《じい》様も叔父様の襲撃についてはかなり警戒している様子でした。恐らく、心配は無用と思いますけれど……』

そういうメッセージと共に、デフォルメされた黒猫みたいな生物が困ったような表情を浮かべたスタンプが送られてくる。ふむ、クリスはなかなかに手堅い打ち筋のようだ。

『きっと大丈夫です！　何かあってもヒロ様がいればなんとかしてくれます』

そういうメッセージと一緒にリスのような生物が力こぶを作るポーズをしたスタンプが送られてくる。そう言いながらミミが切ってくる札は非常に大胆である。でも何故か当たらないんだよな。

『いくらヒロの腕が良いって言っても限界ってものがあるわよ……まぁ大抵はどうにかするでしょうけど』

メッセージと共にコミカルな単眼エイリアンが溜息を吐きながらグラスのワインを飲むようなスタンプが送られてくる。そして切った札は――。

「あ、それロンだわ」

『私もです』

『なんでよ⁉』

単眼エイリアンが目からビームを放って街を焼くスタンプが送られてくる。いや、エルマは打ち筋は悪くないんだけど、なんというか不運なんだよな。ウ◯コみたいな来そうもない待ちに引っかかるというかなんというか……もしかして滅茶苦茶《めちゃくちゃ》運が悪いのではないだろうか。ギャンブルとかめっちゃ弱そう。というか弱い。このカードでやる麻雀アプリで対戦を始めてから三位か四位にしかなっていない気がする。総合スコアがダントツのビリケツだ。

ちなみにぶっちぎりのトップはミミである。滅茶苦茶な打ち筋に見えるのに全くこちらの待ちに引っかからないし、一撃が妙に重い。実は物凄《ものすご》い豪運の持ち主なのかもしれない。

小型情報端末でメッセージをやり取りしながら遊んでいる俺の現在地はどこかというと、コックピットである。そしてミミとエルマは休憩中だ。

ハイパーレーン内の移動中でも、クリシュナでは一応コックピットに人を置くようにしているのだ。非番のミミとエルマは食堂か自分の部屋に居ることだろう。特に疲労することのないメイは俺に付き合ってサブオペレーターシートに座っている。会話には参加していないが、オブザーバーとしてカード麻雀の様子を閲覧してはいるらしい。

『レースゲームなら負けないのに！』

コミカルエイリアンが失意体前屈をしながら愚痴っている。そんなに悔しいのか……まぁ現状はこうして駄弁《だべ》って遊んでいるくらいしかやることがないわけだが。ハイパーレーン内の移動中は基本的に自動航行だし、襲撃を受けることもないわけで。

ちなみに今はジーグル星系からウェリック星系への移動中である。ウェリック星系の次はダレインワルド伯爵の領地――或《あ》いは領有星系と呼ぶのが適切だろうか？　――であるコーマット星系。そしてその次が最終目的地のデクサー星系だ。

ジーグル星系にワープアウトする時にもそれなりの警戒態勢は敷かれていたが、ジーグル星系の領主とダレインワルド伯爵は友好関係にあったらしく、ジーグル星系の移動中には星系軍が護衛についてくれていた。それで何事もなくジーグル星系を通過し、今に至るというわけだ。

ちなみにジーグル星系からウェリック星系へのハイパレーン通過時間はおよそ十時間である。ハイパーレーンに突入して丁度一時間くらいかな、今は。

「ご主人様。ハイパーレーン移動中の警戒であれば私がしておきますが」

小型情報端末でメッセージをやり取りしながら麻雀を続けていると、メイがそう声をかけてきた。

「確かにメイに任せれば万全なんだろうけど、あまり扱《こ》き使うのはなぁ……」

「私は全く構いませんが。有機生命体と違って疲労することもありませんので」

「そうなんだろうけどなんとなくな。まぁ、メイの存在に慣れてきたら任せるということもあるかもしれない。というか、ハイパーレーンの移動中に何かすることもないしな。こうやって遊んだり駄弁ったりするくらいしかやることないし」

「お二方と仲を深められては？」

「爛《ただ》れた生活を送り続けるってのもな。そういうのは程々が一番だと思うぞ。というか、あまりそういう方面を頑張りすぎると堕落する。俺が」

ミミもエルマも俺からすれば紛う方なく文句のつけようもない美少女に美女である。当然ながらメイも美人という意味ではそうだ。そっち関係に溺《おぼ》れてしまうと抜け出せなくなる自信がある。既に手遅れかもしれないけど。

「そういうものですか」

「そういうものです。変な話、今の俺の資産なら適当にあちこちフラフラしながらたまに宙賊退治しつつ毎日美味《うま》い飯を食って三人と爛れた生活とかできちゃうし。そんな生活に入り込んでしまったら抜け出せないよ。マジで」

今も既にそれに近い生活になっているような気がするが、まだ俺は金を稼いで自分の夢である惑星上居住地に庭付き一戸建てを得る夢を捨ててないからね。とりあえず目下の短期目標は今回の報酬を使っての母艦の購入と整備だろうか。より大きく稼ぐための投資というものは重要だからな。

「私はそういう生活も良いと思いますが、ご主人様がそう仰《おつしや》るのであれば。そういう生活がしたくなったら是非お申し付けください。全力でサポートさせていただきます」

そう言うメイの声音は至って真面目《まじめ》な様子であった。真面目に堕落への道に誘ってくるメイはある意味で一番恐ろしく、油断のできないクルーかもしれないな……奉仕精神が高すぎるのもちょっと考えものかもしれない。いや、忠誠度が高いから言えばちゃんと聞いてくれるか。俺がしっかりしていれば大丈夫だ。多分。


船団は無事にウェリック星系へと到達し、ウェリック星系内のコロニーには寄らずにそのまま星系を通過した。ウェリック星系でもジーグル星系の時と同じように星系軍が警備の戦力を寄越《よこ》してくれた辺り、ダレインワルド伯爵は近隣の領主とは上手《うま》くやっているようだ。

「ワープアウトは十二時間後ね……交代で仮眠を取る？」

「ハイパーレーンの移動中は私がコックピットに詰めておりますから、皆様はお休みになられてはいかがですか？　コーマット星系へのワープアウト後が一番危険度が高いわけですから、万全に体調を整えられたほうがよろしいかと」

「いや、メイ一人に任せるのは……」

と、遠慮しようと口を開いたところで俺の言葉をミミが遮った。

「ヒロ様、メイさんに頼んだほうが良いんじゃないでしょうか？　メイさんが危険度が高いと分析するなら、本当にその通りだと思いますし。メイさんがそう言ってくださるならそれに甘えるのが良いと思います」

「私もそう思うわ。ヒロは妙なところで遠慮をしすぎだと思うわよ。メイに面倒事を全《すべ》て押し付けるのは私もどうかと思うけど、気を遣いすぎて彼女の特性を活《い》かさないのは逆に失礼よ？」

「……そういうものか？」

「そういうものです」

昨日《きのう》俺が言ったのと全く同じセリフを言いながらメイがコクリと頷《うなず》く。

「私を一つの知性として、人格として認めてくださるのは嬉《うれ》しいですが、私はメイドロイドです。ご主人様の役に立つのがメイドロイドとしての私の存在意義ですから、そのように扱ってくださるほうが適当です。つまり、嬉しいです」

「そうか」

「はい」

メイがもう一度コクリと頷く。うーむ、難しい。俺からすればメイもミミやエルマと同じように普通に美人のメイドさんだからなぁ……耳の機械部分を除くとあまりに機械っぽくなさすぎる。いや、ここに来る経緯から彼女が機械だということは認識してるんだけどね？　そもそもシエラⅢで初めてメイドロイドを目にした時から美人メイドじゃウホホーイくらいの印象だったからな。

それこそメイが何かしらの攻撃を受けて表皮が損傷してメカバレ状態にならないと彼女を機械だと完全に認識するのは難しいかもしれない。なまじ彼女の体温と柔らかさを知っているだけに。

「それじゃあそういうことでコックピットはメイに任せるか……と言っても、休むったってなぁ」

俺が前に睡眠を取って目覚めたのはほんの三時間ほど前である。コーマット星系にワープアウトする前に仮眠を取って起きたばかりだ。

「最後《さいご》の晩餐《ばんさん》ってわけじゃないけど、ちょっと豪華なご飯を食べてお風呂《ふろ》に入って、部屋でゆっくりしたら？」

「ほほう、エルマはそれがお望みか」

つまり食欲を満たしてこざっぱりした後に部屋で『ゆっくり』したいと。

「や、あの、その……一般論としてね？」

俺の言葉の裏を読み取ったのか、エルマが顔を少し赤くしてしどろもどろになる。

「私もそれでいいと思います。今日は三人でゆっくりしましょう」

ミミは俺とエルマのやり取りの意味を知ってか知らずか、実ににこやかにエルマの提案に同意する。ほう、三人で。興味があります。昨日爛れた生活に溺れるのは云々《うんぬん》と言っていたけど掌《てのひら》をくるりと返そうと思います。なぁに、溺れずに戻ってくれば大丈夫大丈夫。

「よしよし、じゃあ三人でゆっくりしようなー」

「ちょ、ミミ、ちょっと」

「ゆっくりしましょうねー。まずはごはんですね！　今日は人造肉出しちゃいましょう！」

「いいね」

「ちょっと！」

騒ぐエルマを放置して俺とミミは高性能自動調理器であるテツジン・フィフスに美味《おい》しい食事を作ってもらうべく動き出す。そんな俺達をメイはどことなく楽しげに見える無表情で見つめているのだった。

思う存分にゆっくりと三人で過ごし、俺達は万全の状態でハイパーレーンからのワープアウトを迎えようとしていた。

☆★☆

「やっぱワープアウト直後を狙《ねら》ってくるかねぇ」

「それが自然ね」

「何事もないのが一番だと思うんですが……でも、今更バルタザールがダレインワルド伯爵を襲う意味なんてあるんですか？　もうダレインワルド伯爵本人がバルタザールの所業を把握している今、これ以上何をしたところでバルタザールは終わりですよね？」

「恐らくはダレインワルド伯爵とクリスティーナ様を弑《しい》することで無理矢理ダレインワルド伯爵家の当主の座を継ぎ、後のことは自らが伯爵になってから取り繕おうと考えているのだと思います。このままであれば身の破滅は間違いないですから。今までの行動パターンから考えると凡《およ》そ80％の確率で襲撃を仕掛けてくると思われます」

「１００％じゃないんだな？」

「ご主人様の働きによってバルタザールは繰り出した手を尽《ことごと》く潰《つぶ》されており、その影響力は著しく低下していると思われます。そのため、襲撃を仕掛けるだけの戦力を用意できない可能性もあります。そういった部分まで正確に予測するには情報不足です」

「なるほど。バルタザールがどんな奴《やつ》とコネを持っているかまではわからないものな」

「はい」

などと話しているうちにコックピットにアラート音が鳴った。これは別にロックオンされたとか敵影を確認したとかではなく、ワープアウト5分前を通知するものだな。

「そろそろかー。とりあえずウェポンシステムは即立ち上げられるようにしといたほうが良いよな」

「そうね。こっちも準備しておくわ」

「ヒロ様、レーダーレンジはどうしたら良いですか?」

「とりあえずは最大で良いんじゃないか?」

待ち構えて最大火力を一斉に叩《たた》き込《こ》んでくるだろうし……と思ってそう言ったのだが、メイから物言いが入った。

「いえ、どちらかといえば近接戦が予想されますので短めにしたほうが良いと思います」

「マジで」

「はい。私の予想が正しければ、ですが」

それだけ言ってメイは口を閉ざした。うーん? 近接戦かぁ……もしかしたら反応魚雷をガン積みした魚雷艇を大量に投入してくるとかだろうか? 流石《さすが》にそれは骨が折れそうというか、一発でも通したらアウトになりそうだから勘弁してもらいたいな。

まぁ、反応魚雷は弾速が遅いから本当に肉薄しないとなかなか当たるものじゃないけど。迎撃にも弱いし、正直に言えばロマン武器枠だ。当てる技量がないと大量に投入しても抱え落ちが頻発するだけだと思うし、そんな一《いち》か八《ばち》かの賭《か》けには出ないと思いたい。

「ヒロ様、まもなくワープアウトです」

近接戦とはどういうものになるのか、ということに思いを馳《は》せていたらワープアウトの刻限が迫ってしまっていた。

「おっと。まぁ高度の柔軟性を維持しつつ臨機応変に対応するしかないな」

「要するに、行き当たりばったりってことじゃないの」

俺の発言にエルマがぼやく。仕方ないだろう？　実際ワープアウトしてみないと状況なんてわからないんだから。いち戦闘艇にできることなんて臨機応変に暴れまわることくらいだよ。

「5、4、3、2、1……出ます！」

後を引くような甲高い音が響き、艦隊がハイパースペースから通常空間への出現を完了した。ミミが素早くハイパースペース用のセンサー類を通常空間用のものへと変更する。特にダレインワルド伯爵の船団以外の反応は……あるな？　すぐさま伯爵の船団が警戒態勢に入り、クリシュナにも警告が飛んできた。

レーダーに映る光点の動きを見る限りではどうやら不審船はこちらの船団を取り囲んでぐるぐると飛んでいるようである。その動きはなんとなくこちらの隙を窺《うかが》うサメか何かのように思えた。どう見ても不自然な機動である。下手《へた》に船団を動かすと衝突しかねない。足止めだろうか？

「足止めね。何を狙っているのかしら？」

「いつかの俺みたいに歌う水晶でも放り込んでくるつもりかね？」

「流石にそれはないと思うけど……というかあんな使い方するのはあんたくらいだと思うわよ」

「そうか？　良い手だと思うが」

俺とエルマが警戒しながら様子を窺っている間にも広域通信でダレインワルド伯爵の船団から不審船に向かって誰何《すいか》の声がかけられているが、不審船は応答していない。攻撃をするわけでもなく、ただ周りをぐるぐると取り巻くような機動を取り続けて船団の移動を阻害し続けている。

飛び回っている艦艇そのものはオーソドックスな小型から中型の戦闘艦である。所属がすぐにスキャンできないところを見ると、何らかの隠蔽《いんぺい》装置を作動させているらしい。やっぱりどう考えても限りなく黒寄りの不審船だな。

ダレインワルド伯爵の船団から最終警告が発される。これ以上船団の進行を妨げるのであれば撃破すると。不審船はその最終警告をも無視して飛び続け、緊張感が頂点を迎えたその時であった。

「ヒロ様、何か来ます。速いです」

「なんだ？」

船団を囲む不審船の更に外側から超高速で何かが突っ込んでくるのをクリシュナのレーダーが捉《とら》えた。その物体が目指す先はダレインワルド伯爵の乗る旗艦のようである。

「突っ込むつもりか？」

それを察知したダレインワルド伯爵の船団がウェポンシステムを起動し、迎撃を開始する。それと同時に周囲を飛び回っていた不審船もウェポンシステムを起動し、護衛船団の船を攻撃し始めた。

何はともあれ、このまま傍観しているわけには行かないので俺もクリシュナを加速させて旗艦に向かって行く。どうもメイの言っていた通りに旗艦を中心とした近接戦になりそうな感じだ。

スラスターを噴かして旗艦へと一直線に突っ込んでいく謎の物体――細長い小銃弾のような形の船に追い縋《すが》る。

「見たことのない船だな――ってシールド堅いな⁉」

SOL《ステラオンライン》をやり込んだ俺でも見たことのない船だ。とりあえず落としてしまおうと考えて四門の重レーザー砲を浴びせてみたのだが、全《すべ》て細長い船のシールドに阻まれてしまった。小さいくせになかなかに強力なシールドを積んでいるようだ。

「あれは帝国航宙軍のサプレッションシップですね」

「サプレッションシップ？」

「はい。シールド飽和装置を備えた衝角で突撃を仕掛けて目標の船の装甲を貫徹。衝角を経由して敵艦内に歩兵戦力を送り込み、制圧するための船です。強力なシールドと推進装置、そしてジェネレーターを装備していますが、武装の類は一切ないはずです」

「何その頭おかしい船」

要は人間魚雷の類じゃねぇか。

え？　まさかそれでダレインワルド伯爵とクリスを殺す気か？　本気で？　というかもっと効率の良い兵器作れるでしょ？　なんで衝角突撃の上で白兵戦？　頭がおかしくなりそうだ。パンジャンド◯ム並みの暗黒面を感じる。帝国面とでも言えば良いのか。

「帝国貴族は剣で戦うのが好きだから……」

「そうですね。暴れん坊エンペラーとか確か今シリーズ２４０６期とかだったと思います」

「やめてやめて、情報量が多すぎて頭壊れる……ってちょっと待って？　まさかアレにバルタザールが乗ってるとかないよな？」

「乗ってるんじゃない？　最後は剣で決着をつけるとか帝国貴族が考えそうなことだし」

「頭が痛《いて》ぇ」

ハイパースペースを経由して俺はコメディ時空にでもワープアウトしてしまったのか？　ここは比較的ハードな設定のＳＦ世界ではなかったのか？　なんだよ、移乗攻撃特化艦って。移乗攻撃するくらいなら反応弾頭でもありったけぶち込んでおけよ。それで全部終わるじゃないか！

「とにかく、あのふざけた船を叩き落とす！」

俺の目が黒いうちはそんなふざけた船は認めんぞ！　墜《お》ちろ！　墜ちろぉ！　散弾砲をぶち込んでそのふざけた細長い船体を穴だらけにしてやる！

「くっそぉ！　めっちゃ速い！」

しかし悲しいかな。それとも流石は特化艦とでも言うべきか？　スラスターを全開にしてもクリシュナはサプレッションシップに追いつくことはできず、攻撃も全て分厚いシールドに防がれてしまった。あまりにも速い。そして守りが堅い。

「アフターバーナーを使ったみたいね。流石にクリシュナでも追いつけないでしょ、アレは」

旗艦からの防御射撃すらものともせず、最大船速で突撃したサプレッションシップが旗艦の土手っ腹へと突き刺さる。あの一撃で旗艦の分厚いシールドも一気に飽和してしまったようだ。しかし他の船が旗艦に攻撃を仕掛ける様子はない。ひたすらに他の船の足止めに徹しているようだ。

「なんかもう色々馬鹿馬鹿しくなってきたんだが……」

恐らくサプレッションシップから突入した戦力ごと船を沈めてしまわないようにという配慮なのだろうが、今まで殺《や》れる時に殺れという戦い方を実践してきた俺としてはどうも気に入らない。シヨービジネスじゃねぇんだぞ。

「ヒロ様、お仕事ですから。もう少し頑張ってください」

「世知辛いのぅ……」

身も蓋《ふた》もないことを言うミミの台詞《せりふ》に内心涙を流しながらクリシュナをダレインワルド伯爵とクリスの乗る旗艦へと飛ばす。旗艦に突っ込んだサプレッションシップ以外の船は戦力的には不利ながらも健闘しているようで、釘《くぎ》付《づ》けにされてしまっているのか護衛船団の他の船が救援のために旗艦へと近づいてくる様子はない。

「というかあの船なんなの？　馬鹿なの？　死ぬの？　あの船に反応弾頭積んでたらそれで終わりじゃないか。超巨大な対艦魚雷みたいなもんだろアレ」

「あの船は製造コストが非常に高いのです。コストに見合いません。それと、人が乗っている船を自爆特攻させるのは倫理面で問題があります」

「突っ込んで自爆させるのも、突っ込んで圧倒的な数的不利の中で白兵戦を仕掛けさせるのも自爆特攻って意味では大差ねぇんじゃねぇかなぁ……」

ぼやきながら盛大にぶっ刺さっている細長いサプレッションシップへと近づく。これは完全に挿《は》入《い》ってますね、ええ。ずっぷりと。

「とりあえずこの刺さってるの、破壊するか？」

「そんなことしたら旗艦の気密が失われるわよ。気密対策がないわけがないけど、やめといたほうが良いわね。下手すると爆発するかもしれないし。刺さったまま爆発したら下手すれば旗艦ごとバラバラよ？」

「それはいかんな。というかこんな船どういう事情があって作られたんだ……」

いくらシールドが厚いとは言っても、あのサイズの船ではシールドにジェネレーター出力をガン振りしたところで戦艦級の大口径レーザー砲は防げまい。建造コストが高いというならばいくら帝国が覇権国家だとしてもそうそう量産できるものでもないだろうし、そもそも白兵戦というものは人員の損耗が激しい戦術だ。頻繁に使える戦術ではないだろう。

どうしても鹵獲《ろかく》したい敵の最新戦闘艦とかがあれば或《あ》るいは有効な手なのかもしれないが……いや無理だろう。リスクが高すぎる。そもそも、軍隊同士の戦闘というのは戦艦や巡洋艦を横に並べて距離を取り、削り合いをするようなやり方が多いはずだ。普通、こんな乱戦はそうそうやらない。

そして、こういう状況でもないと使い途《みち》のないサプレッションシップなんてものは普通は顧みられることすらないはずだ。というか、ＳＯＬで俺が見たことがないということは、特定の勢力の専用艦船という扱いなんだろう。このクリシュナのように。

強力なシールド容量、シールドを無効化するシールド飽和装置付きの衝角、クリシュナをも凌駕《りょうが》する加速力、ともなれば衝角突撃による一撃必殺に惹《ひ》かれて使うプレイヤーもいただろうなぁと思う。実用性は別として、そういうのが好きな変態というのは一定数いるからな。絶対衝角をドリルにする馬鹿が出てくるぞ。

「なんでも帝国航宙軍の元陸軍派閥が一部の貴族勢力と結びついて強力なロビー活動を行った結果作られた船だそうです。ちなみに今までに実戦で使用された回数は四回です。今回は貴重な五回目の使用例ということになりますね」

「ちなみに突撃の成功確率は？」

「実戦使用された回数で言えば成功したのは今回で三例目なので、投入された実戦数ベースで考えると六割ですね。投入された艦船数ベースで考えると、三割です。七割は到達前に撃墜されています。帝国航宙軍では貴族専用の豪華な棺桶《かんおけ》、驚くほど高価なデコイ、帝国航宙軍屈指の珍兵器などと呼ばれているようですね」

「その三割をたった一隻で成功させたバルタザールの手腕と幸運に驚愕《きょうがく》するところかな、これは」

「人間としてはともかく、バルタザールは多分かなり有能な戦術家よね。ヒロみたいなイレギュラーがいなければ色々と成功してたんでしょうし」

「相手が悪かったですね」

君達の中で俺はどんだけやべーやつなんだ？　俺は少々腕が良くて船とクルーに恵まれているだけの一般的な傭兵《ようへい》だぞ。

「それよりもどうするべきだ、これは。放っておいても他の船はなんとかなりそうだし、クリス達を守るために俺達も突入するべきか？」

「いやそれはどうかしら……下手に突入しても旗艦のクルーと同士討ちになっちゃうんじゃない？」

「でもここで指を咥《くわ》えて眺めてた結果、万が一ダレインワルド伯爵とクリスが討ち取られたりしたら元も子もないよな」

「それはそうだけど……わざわざ突入してリスクの高い白兵戦をやるわけ？　危ないわよ？」

エルマは白兵戦への参加には否定的な立場であるようだ。俺としてもあまりやりたくはないのだが、打てる手を打たないのは護衛契約に反する気がするし、何よりここでクリスを助けに行かずに放置して、もしバルタザールにダレインワルド伯爵とクリスを討ち取られでもしたら色々とヤバい。

日当25万エネルの報酬が支払われないばかりか正式にダレインワルド伯爵の爵位を継いだバルタザールからあの手この手で命を狙《ねら》われることになるかもしれない。そろそろここらでバルタザールをプチッとぶっ潰《つぶ》しておいたほうが後顧の憂いがなくなるように思える。

「いや、やろう。万が一にもバルタザールに生き残られたら困る。最悪、現ダレインワルド伯爵が死んだとしても最低限クリスは守ってバルタザールはぶっ殺しておかないと後々に差し響く」

本当に最悪の最悪でダレインワルド伯爵だけでなくクリスまでもが死んだとしても、バルタザールには絶対に死んでもらわないと困る。俺とミミとエルマの平穏な生活のために。

「ミミ、旗艦に着艦許可を要請しろ。パワーアーマーを着て突入する。エルマ、クリシュナのコントロールを任せる。俺があっちに乗り移ったらハッチはロック、シールドも展開して誰も乗せるな。

メイは俺に随伴しろ」

「は、はいっ！」

「……はぁ。アイアイサー」

「承知致しました」

ミミとエルマ、そしてメイが俺の指示にそれぞれ了解の意を示す。どちらかと言えば気が乗らないが、仕方がない。白兵戦の時間だ。俺はエルマに艦のコントロールを渡してパイロットシートから立ち上がり、メイを伴ってカーゴルームへと駆け出した。

#7：傍迷惑《はためいわく》な乾坤一擲《けんこんいってき》

さて、というわけで白兵戦である。なんで強大な火力を誇る宇宙船が飛び交う戦場で俺は白兵戦なんぞをする羽目になっているのだろうか？　それもこれも全部バルタザールとかいう貴族野郎とサプレッションシップなどという頭の悪いものを作り出した帝国航宙軍のせいである。F◯ck。

『ヒロ様、間もなく着艦します。敵勢力は格納庫から離れた場所に展開しているようなので問題はないと思いますが、気をつけてください』

「了解」

まぁ、敵勢力がいたところで生半可な武装ではこのパワーアーマーを破壊することは不可能だけどね。俺の愛機……愛機？　愛用しているパワーアーマーのコンセプトは重装甲、重火力だ。耐レーザー、耐腐食、耐弾性能が非常に高いクラスⅢの装甲はあらゆる攻撃に対して強靭《きょうじん》な防御力を発揮するし、いざとなればシールドを展開してその防御力を更に向上させることもできる。

「ご主人様は私がお守り致します。全て私にお任せください」

そう言って俺の目の前ではメイが若干鼻息を荒くしている。

いや、見た目的にはいつも通り沈着冷静な様子だし、言葉遣いも別に弾んでいたりするわけではないのだが、全身から意気揚々とした雰囲気が伝わってくるのだ。うん、張り切ってるのはわかった。よくわかったからそのパワーアーマー用のレーザーランチャーをブンブン振り回すのをやめないか？　それそういう風に使うものじゃねぇから。

何故《なぜ》メイがパワーアーマー用のレーザーランチャーを使えるのかと言うと、彼女のジェネレーターからエネルギーを供給することができるようになっているからである。彼女はパワーアーマーと同じようにあの身体《からだ》の中に超小型のジェネレーターを備えているのだ。しかもその出力はパワーアーマーよりも上であるらしい。なので、メイは何の問題もなく生身——生身？　でパワーアーマー用の重火器を使えるわけだ。

ちなみにエネルギーを供給するためのケーブルがレーザーランチャーからメイの腰の辺りに伸びている。あの辺りにコネクタがあるらしい。前に見た時にはそんな物は見当たらなかったと思うんだが……謎だな。

などと考えていると、船が僅《わず》かに揺れた。どうやら着艦したらしい。

『着艦完了よ。仕事は仕事で全力でやるべきだけど、命あっての物種だからね。無茶はするんじゃないわよ』

「アイアイマム」

『あと、貴族の剣は受けちゃ駄目よ。避《よ》けなさい。パワーアーマーの装甲ごと斬られるわよ』

「えっ」

ちょっと待った、その情報は聞いてないぞ。

『あと、貴族は情報処理能力を飛躍的に増大させるサイバネティクスを施していることが多いから気をつけて』

「……気をつけるって？」

何に？　情報処理能力を増大させることによって俺に何の危険があるんだ？

『つまり、物凄《ものすご》い反応速度でレーザーを剣で弾《はじ》いたり、場合によっては打ち返したりしてくるってこと』

「ウッソだろお前」

は？　レーザーを剣で弾く？　打ち返してくる？　ジェ◯イか何かかな？　サイバネジ◯ダイもどきとかなんかそういうの居なかったっけ。俺は残念ながらそこまで詳しくないんだ、あの大作に関しては。

『身体のほうが保《も》たないから長時間持続できるってわけじゃないらしいけどね。というか、あんたも同じようなことするでしょ？　だから私、あんたのことを最初貴族なんじゃないかと思ったのよ？』

「俺も？　ああ……」

あの息を大きく吸って止めたら周りの動きが遅く感じるやつか？　なるほど、あの瞬間は俺がとんでもない速度でレーザーガンを撃っているように周りからは見えるらしいし、同じようなもんか。

「いくら反応速度を上げても剣は一本。精々二本だろ。問題ない」

そう言って俺は今回の得物《えもの》を構えてみせる。今回装備したのはパワーアーマー用の対人装備の中でも特にぶっ壊れ性能と言われているスプリットレーザーガンの二丁持ちである。これは歩兵用である単発のレーザーライフルと同等の威力を持つレーザーを同時に十二発発射する武器だ。早い話がレーザーショットガンみたいなものである。それを両手に一丁ずつ持って同時に二十四発のレーザーを発射できるというわけだ。

一発あたりの威力はレーザーランチャーのほうが上だが、あれはデカいからパワーアーマーを着た上で狭い船内で振り回すのは少々厳しい。船内のような閉所ではスプリットレーザーガン二丁持ちのほうが取り回しが良いのだ。

「よし、突入する。ミミ、向こうのクルーに俺達を撃たないようによく言っておいてくれ」

『わかりました！　お気をつけて！』

「ナビゲートは私が致します」

「頼む。行くぞ」

ハッチを開放し、クリシュナの外に飛び出す。

格納庫から敵の展開している場所までは少々距離があるので、ガッションガッションと鈍重な足音を上げながらまずは走る。音は鈍重だが、これでも走る速度は生身の時よりは速いのだ。脚部の衝撃吸収機構と金属繊維性の人工筋肉が良い仕事をしているな。

しかし、そんな俺の目の前をメイが清楚《せいそ》なメイド服をヒラヒラさせながら走っている。手にものすごくゴツいレーザーランチャーを持って。なんとも非現実的な絵面だな。悪役っぽい力士型パワーアーマーとゴツい重火器を持ったメイドさんのコンビとかB級映画でもそうそう見ない取り合わせじゃないだろうか。

「この先の通路を左折すると交戦地点です」

「突入するぞ。俺が前に出てシールドを張る」

「承知致しました。では私は隙を見て掃射します」

メイの言葉を聞きながら左折すると、ボディアーマーを装備した兵士のような連中とメイドさんや執事達がお互いにバリケードを構築して激しく交戦していた。そういやここのクルーはメイドや執事の格好をしているんだっけか。すっげぇシュールな図だな。

しかし、メイドさんと執事さんの連合軍（?）は揃《そろ》いのボディアーマーを装備した兵士のような連中に押されているようだ。よく見ればパワーアーマー装備の敵も居るな。

「パワーアーマー⁉　配備されていないはずじゃなかったのか⁉」

曲がり角から突然現れた俺の姿を見て兵士らしき連中が驚愕の表情を浮かべる。俺のほうを振り返ったメイドさん達も驚愕の表情を浮かべる。驚かせてすまんね。ちょっと通りますよ。

「うらあぁぁぁぁっ！」

ジャンプスラスターを使ってメイドさん達の頭上を飛び越え、バリケードとバリケードの間に躍り出る。すぐさま動揺から回復した敵兵がレーザーライフルで迎撃してくるが、俺の装着している重量級パワーアーマー【ＲＩＫＩＳＨＩ　ｍｋ-Ⅲ】の装甲はレーザーライフル程度の攻撃ではびくともしない。

それにこちらも撃たれっぱなしではいない。バリケードに隠れる兵士達に向かって両手のスプリットレーザーガンを乱射する。スプリットレーザーガン一丁で敵十二人分の火力があるのだ。それ

を二丁持って乱射すれば、俺は一人で敵二十四人分の火力を発揮することになる。

「うおぉぉぉぉっ!?」

「クソッ！　滅茶苦茶《めちゃくちゃ》しやがる！　バーツ！　あのデカブツを抑えろ！」

敵の現場指揮官らしき男が叫ぶと、バリケードの向こうに居た敵方のパワーアーマーがバリケードを飛び越えてこちらへと向かってきた。

ふむ。中量級のごく標準的なパワーアーマーだな。恐らく軍用のパワーアーマーだろう。パワーアーマーを装備していない敵に対してなら十分な防御力と機動性、それに火力でもって有利に立ち回れる性能を有しているに違いない。

だが、それではいけない。このような狭い場所では機動性などはロクに役に立たないのだ。戦闘艦同士の移乗攻撃による白兵戦時にパワーアーマーに求められる性能とはひとえに圧倒的なパワーと防御力のみなのである。

「どっせぇい！」

飛び込んできた敵パワーアーマーに対して俺はすぐさまシールドを展開し、肩口からの超高速体当たりを見舞ってやった。【ＲＩＫＩＳＨＩ　ｍｋ－Ⅲ】の必殺技とも言える『ブチカマシ』機構を起動したのだ。

『ごはぁっ!?』

ぶちかましを喰《く》らった敵パワーアーマーがボウリングのピンのように撥《は》ね飛《と》ばされ、背後のバリケードを破壊しながら後方の敵兵を巻き込んで吹き飛んでいく。まさか一撃で味方のパワーアーマーがぶっ飛ばされるとは思わなかったのか、敵兵に動揺が走った。

「メイッ！」

「お任せください」

俺の合図で前に飛び出してきたメイと並び、スプリットレーザーガンとレーザーランチャーの圧倒的火力で敵の残存戦力を掃討する。しかし凄《すご》いな、メイは。あの重いレーザーランチャーを軽々と振り回しながら収束モードの高出力レーザーでバリケードごと敵兵を薙《な》ぎ払《はら》っている。腰だめ撃ちではロクに狙《ねら》いもつけられないはずなのだが、凄《すさ》まじく射撃の精度が高い。

「突っ込め！」

「はい」

半壊したバリケードを蹴散《けち》らしながら敵陣に突っ込み、両手のスプリットレーザーガンと【ＲＩＫＩＳＨＩ ｍｋ－Ⅲ】の固定武装である両肩のレーザーガン、それに腕を振り回しての打撃も加えて残存兵を制圧する。パワーアーマーの圧倒的な防御力と火力、それに膂力《りよりよく》の前では生身の人間はあまりにも無力だ。

「はぁっ！」

更に一見すると華奢《きやしや》にしか見えないメイがパワーアーマー用の大型レーザーランチャーを振り回し、ボディアーマーを着込んだ大男達を木の葉のように吹き飛ばしていく。なんか聞こえちゃいけない音が聞こえている気がするんですが。ゴキィ、とかメキィ、って。

『くっそがぁ……！』

「ふんっ！」

『ゴボッ⁉』

なんとか立ち上がろうとする敵パワーアーマーを踏みつけながら脚部の衝撃増幅装置『シコ』を発動させ、敵パワーアーマーの胸部装甲を粉砕してやった。これでは装着者の生存は絶望的だろうが、戦意を維持している以上は確実に無力化するしかない。これは殺し合いなのだ。

思えばあっさりと人を殺しているな、俺。いや、今は深く考えるな。クリスを助けてバルタザールをぶっ殺すことだけを考えろ。

「先に進むぞ」

「はい」

敵方のバリケードを破壊し、制圧した俺達は後始末をメイドさんや執事さん達に任せて先に進むことにした。この先もスムーズに進めれば良いんだが。

☆★☆

バリケードを突破してしばらく進むと、通路が真っ赤《まか》に染まっているのが見えてきた。

「これは……」

「斬られていますね」

真っ赤に染まった白い通路に転がっているのはバラバラに寸断された人間のパーツだった。あまりに凄惨《せいさん》な光景に吐き気が込み上げてくるが、瞬時にパワーアーマーの嘔吐《おうと》抑止機能が働いてスッと吐き気が治まった。それでも胃の辺りはムカムカしているけど。

死体を踏まないようにその場を通過し、先を急ぐ。

「アレが貴族の剣でずんばらりんとされたあとか……ああはなりたくないな」

「ご安心ください。私が居る限りはそのようなことには決してさせませんので」

メイが頼もしいことを言ってくれる。しかしメイがあんな感じでずんばらりんとやられる光景は目にしたくないな……できるだけ俺が片付けるとしよう。

「それと先程の現場ですが、壁面や天井にレーザーが着弾した痕跡《こんせき》がありました。やはり思考速度を向上させるサイバネティクスを導入していると考えられます」

「厄介だなぁ……まぁスプリットレーザーガンの二丁同時発射は防ぎようがないだろう」

単発のレーザーガンやレーザーライフルであれば銃口の向きからレーザーの軌道を予測できるかもしれないが、スプリットレーザーガンの場合は偏光レンズの加熱を感知して一射毎《ごと》に微妙に発射角度がズレる。二丁合わせての同時発射数から考えても一本や二本の剣でその全《すべ》てを防ぎ切るのは不可能だろう。文字通り光速で着弾するレーザーを発射後に避けるのは不可能なのだから。

大丈夫大丈夫。剣を振り回す野蛮人に文明というものを見せつけてやるよハッハッハ。

「この先から剣戟《けんげき》のような音が聞こえます」

「急ぐ……いや、メイは先行しろ。俺より速く動けるだろう？」

「それは……承知致しました」

メイは頷《うなず》くと物凄いスピードで通路を駆けていった。メイが走った後の通路の構造材が微妙に凹んでるんですけど？　え？　どんだけ素早いの？　メイのカタログ上のスペックは把握していたけど、実際に目の当たりにするのは初めてだから物凄く驚いた。あの上で戦闘に特化したプログラムも積んでるんだよな？　俺、パワーアーマーを着ていても勝てないのでは？

どっすんどっすんガションガションと騒々しい音を立てながら走っていると、レーザーランチャーの発射音らしきものをパワーアーマーの集音センサーが拾った。メイはもう敵と接触したらしい。

前方に開いた扉からメイのレーザーランチャーのものと思《おぼ》しき赤い光が漏れてくる。盛大にバンバンとぶっ放しているようだが、アレでまだ決着がついていないのか？

突入前に状況を確認するため部屋を覗《のぞ》き込むと、広いホールのような空間の奥に剣を構えたダレインワルド伯爵とその部下らしき人々、それにクリスが居た。ダレインワルド伯爵はあちこちに切り傷らしきものを負っており、なかなかに凄惨な状態になっている。幸い、どこかを斬り落とされたりはしていないようだが。

そしてその手前ではメイと何者かが激しい争いを繰り広げていた。

「性玩具如《がんぐごと》きがぁっ！」

「その発言は正鵠《せいこく》を射ていますが、差別的な意味での発言は品性を疑われるので止《よ》したほうが貴方《あなた》様のためかと思います」

剣を持った激昂《げきこう》する男に対し、メイはこの上なく冷静な面持ちで男に向かって容赦なくレーザーランチャーをぶっ放していた。拡散モードで発射されたレーザーが男に向かって殺到し、その身体《からだ》を貫き……貫かずに両手に持った剣で逸《そ》らされ、弾かれる。ええ……？

メイと対峙《たいじ》している男は右手に持った長剣と左手に持った短剣で自分に当たる軌道のレーザーを弾き、更に素早い身のこなしでもって残りのレーザーを躱《かわ》したのだ。冗談だろう？　マジでジェ◯イじゃんか。

『メイ、もう一度撃て。十字砲火で封殺する』

『承知致しました』

通信越しにメイの返事を聞きながら戦場となっているホールのような場所に飛び出――ッ⁉

「ぬおおっ⁉」

「くっ！」

どういうわけか剣を持った男がホールへと飛び出した俺の目の前へと一瞬で距離を詰めてきていた。思わず全力でスプリットレーザーガンで殴りつけてしまったが、なんとこの男、スプリットレーザーガンでの殴打を剣で防いで飛び退《しさ》りやがった。ついでとばかりに殴打に使った右手のスプリットレーザーガンを左手の短剣で綺麗《きれい》に真っ二つにしていく。

「テメエーッ⁉　俺のスプリットレーザーガンをよくもぶった切ってくれたなぁーッ⁉」

「ぬおおおぉぉっ⁉」

真っ二つにされたスプリットレーザーガンを投げ捨て、左手に残っているもう一丁のスプリットレーザーガンと両肩のレーザーガンを二刀流野郎に向かって乱射してやる。

「き、貴様ァ！　貴族の私に向かってェッ！　そのようなッ！　野蛮な武器をぉッ⁉」

「知るかボケ！」

容赦のないレーザー掃射を受けて二刀流野郎が防戦一方という状態に陥る。スプリットレーザーガンを一丁失ったが、それでも両肩のレーザーガンも合わせれば俺の火力はおよそ十四人分に相当する。

「ウラーッ！　往生せいやぁ！」

あまり遠距離から撃っても拡散するレーザーとレーザーの間隔がガバガバになってしまうので、適度な距離を保つように前進しながら容赦なくレーザーをバシバシと撃ち込んでいく。ちっ、こいつ携帯用のシールド発生装置を装備してやがるな？　何発か直撃コースのはずのレーザーがあるのにダメージが通ってない。

まぁ良い。装備しているのがどんなに高性能なシールド発生装置だとしても、いずれは容量飽和を起こして機能を停止する。一発、二発で貫けないなら三発でも四発でも十発でも二十発でもレーザーを叩《たた》き込《こ》むまでだ。

「何見てんだオラァ⁉　お前らも撃たんかい！」

レーザーガンやレーザーライフルを持ったままダレインワルド伯爵の傍《そば》で呆然《ぼうぜん》としているメイドや執事達を叱咤《しった》する。メイはレーザーランチャーを収束モードにして狙い澄ました一撃を二刀流野郎のシールドに叩き込もうとしているようだ。レーザーランチャーの収束砲撃は威力が高い。攻撃が入れば一撃で奴《やつ》のシールドを飽和させられるだろう。いいぞその調子だ。

「クソがぁ！」

集中砲火に晒《さら》されてついに携帯型シールド発生装置が容量飽和を起こしたのか、ボンッ、という音と共に二刀流野郎が爆発した。いや、煙幕を張ったのか？　男の姿が真っ白い煙の中に消え、その煙は更に広がり、凄い速度で部屋の中を覆い尽くしていく。なるほど、視界を奪うと同時に煙幕によってレーザーを減衰させようというわけか。よく考えたな。

だが、無意味だ。俺は息を止め、緩やかに動く時間の中で左腕を大きく振りかぶり、慎重に目標へと狙いをつける。

「そぉい！」

「ぐわあぁぁぁぁっ⁉」

パワーアーマーの圧倒的膂力で投擲《とうてき》されたスプリットレーザーガンが、ダレインワルド伯爵の元へと駆け寄ろうとしていた二刀流野郎に見事に直撃した。

対レーザー兵器用の煙幕を張ってレーザー兵器の使用を難しくし、更に視界を奪ったとしても、パワーアーマーを着込んでいる俺にとってはさしたるマイナス要素にはならない。

パワーアーマーには光学センサーだけではなくその他にも赤外線センサーを始めとした実に様々な高性能センサーが搭載されているのだ。この程度の煙幕なんぞ目眩《めくら》ましにもならない。

シールドを展開し、がっしょんがっしょんと音を鳴らしながら吹き飛んだ二刀流野郎との間合いを詰める。

「馬鹿めっ！」

俺の接近に気づいた二刀流野郎が右手の長剣で斬りつけてきたが、その刃は展開されているシールドに弾かれた。

貴族の持つ剣というのは大した切れ味みたいだが、シールドにはそんなものは関係ない。レーザーの莫大《ばくだい》な熱量やミサイルなどの爆発兵器が持つ莫大な熱と衝撃のエネルギー、或《ある》いは散弾砲の弾丸が持つような莫大な運動エネルギーでもなければこのシールドを飽和させ、貫くことはできないのだ。

いくら切れ味が鋭かろうが、二刀流野郎がサイバネティクスやサイボーグ化で強化していようが、普通の人間が放つ程度の斬撃ではビクともしない。いや、ワンチャンシールドを切り裂いてくるかなとはチラッと思ったけど流石《さすが》にそうはいかなかったな。良かった。本当に良かった。

「その言葉をそのまま返してやるよ馬鹿めが！」

シールドに刃を叩きつけた二刀流野郎の右手首を掴《つか》む。二刀流野郎は咄嗟《とっさ》に自分の手首を掴んだ俺の手を左手の剣でぶった切ろうとしたようだが、もう遅い。

「ぎぃあぁぁぁっ⁉」

俺に手首を掴まれている二刀流野郎が絶叫し、ビクビクと全身を震わせる。パワーアーマーの両掌《りょうて》に装備されている超高圧電流放射装置『ハリテ』を起動させたのだ。ＳＯＬではもっぱら『力士コレダー』って呼ばれてたけどな。接近戦で生身の人間がこれを食らうと確実に詰むことになる。たとえ即死しなくても気絶は免れないからだ。

「が……ひ……」

全身から薄《うっす》らと煙を上げて二刀流野郎が崩れ落ちる。

「武装解除しろ」

「はい」

素早くこちらへと駆け寄ってきたメイが二刀流野郎の剣を蹴《け》って遠くへと弾き飛ばし、マントや身体の各部に装着していた妙な装置を全て奪い取って遠くへ放り捨てた。俺にはどれがなんなのだかよくわからないが、メイが奪い取ったなら危険なものだったのだろう。

「で、こいつはぶっ殺して良いのか？」

いつでも二刀流野郎の頭を踏《ふ》み潰《つぶ》せるように二刀流野郎の頭を『優しく』足蹴にしながらダレインワルド伯爵へと問いかける。多分、こいつが件《くだん》のバルタザールなのだろう。

そうだよな？　そうだと言ってくれ。

「……その男は捕縛する」

厳しい表情を崩さないままダレインワルド伯爵はそう宣言し、周りに控えているメイドや執事達に目配せをした。ダレインワルド伯爵からの視線を受けた数人の執事達が慌ただしく動き、どこからか首輪のようなものを持ってきて白目を剥《む》いて倒れている二刀流野郎の首に嵌《は》め、どこかへと連れて行く。

そしてメイドさんがメイが遠くへと蹴り飛ばした二刀流野郎の長剣と短剣を鞘《さや》に収めて俺の元へと持ってきた。なんだねこれは？

「貴様によって決闘を汚されたのは甚だ遺憾だが、結果的に奴を倒したのはお前とその人形だ。その剣は貴様が得るべきだろう」

「……意味がわからん。これは一体どういうことなんだ、メイ」

「貴族同士の争いの解決方法は色々とありますが、今回ダレインワルド伯爵とその息子であるバルタザール卿《きょう》は争いを最終的に剣による決闘という形で解決しようとしたのだと思われます。我々はその決闘に乱入、ダレインワルド伯爵に助太刀《すけだち》する形でバルタザール卿を討ち果たしました。これによって今回の一連の争いはダレインワルド伯爵の勝利という形になり、バルタザール卿の生殺与奪を含め全てがダレインワルド伯爵に一任されることになるのだと思われます。また、決闘に勝利した貴族は敗北した貴族の誇りの象徴である剣を戦利品として得るのが一般的です。我々の乱入を不本意と感じているダレインワルド伯爵はバルタザール卿の剣を自らのものとするのを良しとせず、実質的に彼を討ち果たしたご主人様に譲ろうと考えているのだと思われます」

「なるほど。情報量が多すぎてわからん。これは受け取って良いものなのか？」

「よろしいのではないかと」

「わかった」

メイが良いと言うのであればそうなのだろう。そういうわけで、俺はメイドさんが差し出してきていた長剣と短剣を受け取ることにした。パワーアーマーを着たままだと微妙な絵面だろうな。力士型パワーアーマーに西洋剣というのは致命的に似合わない組み合わせだろう。これが長大な野太刀とかならまた見栄えが違ってくるのかもしれないけれども。

「それで、奴はどうするんだ？」

「然《しか》るべき処置をする」

短くそう言ってダレインワルド伯爵は踵《きびす》を返し、どこかへと歩き去ってしまった。傷の処置をしていたメイドさん達がその後を慌てて追いかけていく。そんな彼を見送ってから俺は真っ二つにされたスプリットレーザーガンの残骸《ざんがい》と、バルタザールに投げつけたスプリットレーザーガンを回収した。くそう、あの二刀流野郎め。俺の愛銃になんてことをしやがる。

内心で毒づきながらメイドさんに貰《もら》った剣をパワーアーマーの背中にくっつけた。実はパワーアーマーには背部にウェポンマウントがあるのだ。よくわからない力で武器が背中にくっつくぞ。

はい、冗談です。実はこのパワーアーマーの背部には自動制御式の機械式ウェポンマウントが装備されているのである。目立たないからゲームとかでよく見る謎の力で背中にくっつくアレに見えるだけだ。

俺は普段レーザーガンしか持ち歩かないし、重いから身につける気もないけどこの世界のタクティカルアーマーの類にも同様の機能を備えているものが結構あるようだ。戦闘用装備を扱うオンラインストアで確認したから間違いない。

「お疲れ様でした」

真っ二つになったスプリットレーザーガンを両手にそれぞれ持って、後始末をどうしようかなどと考えているとこの場に残っていたクリスが俺の直《す》ぐ側《そば》まできて声をかけてきた。

「クリスもお疲れ。怪我《けが》はなかったか？」

「はい」

そう言うクリスの腰には今まで見かけなかったものが吊《つ》るされていた。それはナイフ……と言うには少し大きいだろうか。護身用の短剣、といったところだろう。

「パワーアーマーを着たままだと頭を撫《な》でることもできないな。とにかく、無事で何よりだ」

「ヒロ様のおかげです。この懐剣を使わずに済みました」

「……どういう使い方をするのかは聞かないでおく」

懐剣という言葉の意味が俺の知っているものと大きく違っていなければ、それは護身用、或《あ》るいは女性が自分の誇りと尊厳を守るために自害する時に使うものである。ダレインワルド伯爵が敗北し、俺が助けに来ていなければもしかしたら彼女はあの懐剣で自らの命を絶つことになっていたのかもしれない。そう考えると助けに来て良かったな、本当に。

「そうだ、エルマ達にも連絡しておかないとな……エルマ、ミミ、こっちは大丈夫だ。バルタザールは……殺しちゃいないが、仕留めた。ダレインワルド伯爵がなんか首輪みたいなものを嵌めて連行していったからもう心配ないはずだ」

『了解。殺《や》らなかったの？』

「ダレインワルド伯爵とやりあってた所に俺達が乱入してな。パワーアーマーで電撃を食らわしてやったら白目剥いて気絶したんで、そのまま拘束した感じだ。一応ダレインワルド伯爵に聞いたら拘束するって言ったんでな」

『そう。怪我はない？』

「ない。スプリットレーザーガンが一丁真っ二つにされたけど」

『それは残念だったわね。でもレーザーガン一丁で済んでよかったじゃない。腕だの足だの胴だのを真っ二つにされるよりはマシでしょ？』

「違いない」

一撃でスプリットレーザーガンを真っ二つにしたあの切れ味だと、マジでパワーアーマーごと斬られてもおかしくない。少なくとも俺の知る刃物の切れ味ではないな。シールド万歳だぜ。

『ヒロ様、無事に戻ってきてくださいね』

「ああ。今日はパーッと美味《うま》いもんでも食おう。やっとこさ一息つけそうだ」

『はいっ』

ミミの嬉《うれ》しそうな声を聞いてふと思いつく。

「そうだ、クリスも船に来ないか？　バルタザールを仕留めたお疲れ様パーティーをするぞ」

「パーティーですか。良いですね。是非参加させてください」

「パーティーって言ってもそれっぽい料理を自動調理器にたくさん作ってもらうだけだけどな。それでも良ければ是非参加してくれ」

「はい。お祖父《じい》様に言ってなんとしても許可を取り付けてきます」

そう言ってクリスは両拳を握ってふんすっ、と気合を入れる。ミミから仕草が感染《うつ》ったのだろうか？　ま、まぁ一緒に居た時間も長かったみたいだし……？

「そういや戦闘はどうなってる？」

『そっちでバルタザールを仕留めたのが伝わったみたいで、戦闘は終了したみたいね。大体投降するか逃げるかしたみたいよ』

「了解。それじゃあ今から戻る。クリス、俺達はこの船のハンガーに着艦してるから、許可が取れ次第来てくれ。メイ、クリスの護衛を頼む」

「わかりました。後ほど伺いますね」

「承知致しました」

バルタザールを仕留めたからもう大丈夫だと思うが、万が一ということもあるのでメイを護衛につけておく。一応、クリスの護衛としてレーザーガンやレーザーライフルを装備したメイドが待機していたが、念には念を入れてだ。メイにスプリットレーザーガンを渡し、嵩張《かさば》るレーザーランチャーは俺が船に持ち帰ることにする。

念のため道中にまだ戦闘中の場所はないか警戒していたのだが、艦内に侵入した敵兵の殲滅《せんめつ》も完了しているらしくとりあえず一安心して良いようだった。

「……どうにも気が抜けてるな」

クリスを狙《ねら》っていた首魁《しゅかい》を倒したせいか、どうもよくない精神状態のように思える。浮ついているというかなんというか、油断している感じがするというかなんというか。勝って兜《かぶと》の緒を締めよ、なんて言葉もある。しっかりと気を引き締めなきゃならんな。

ガションガションとパワーアーマーの歩行音を鳴らしながら歩き、艦内のメイドさんや執事さんの視線を受けながら俺は旗艦のハンガーへと辿《たど》り着いた。旗艦の艦載機も続々と戻ってきているようである。

シールドを抜かれずに無傷で済んだ機体もいるようだが、よく爆発四散しなかったなと言いたくなるようなボロボロの機体もいる。彼らの機体はごく標準的な帝国製の小型航宙戦闘機だ。小型のレーザー砲、或いはマルチキャノンを装備可能なマウントが二つ、それにシーカーミサイルポッドが二門。運動性が高く、スピードも速め。シールドと装甲に不安はあるが、なかなかに良い機体だ。

傭兵《ようへい》が乗るにはちょっと巡航能力とか積載量の面で不安があるけど。愛用している人が居ないわけでもないんだよな。見た目がいかにも戦闘機チックでかっこいいし。

それに比べるとクリシュナは二回り以上大きい。一応小型戦闘艦に分類できる大きさだが、中型戦闘艦に近い大きさである。その分性能は比べ物にならないけど。

補給や整備、それに負傷したパイロットの救護で大変忙《せわ》しないハンガーを通過し、クリシュナに戻る。パワーアーマーを着てレーザーランチャーなんて担いでいると、この混雑したハンガー内でも向こうから避けて通ってくれるのは実に助かる。

タラップを登り、ハッチを開けてクリシュナの中に入るとそこにはミミが待ち受けていた。

「ヒロ様！」

「ただいま。とりあえずパワーアーマー脱いでくるわ」

「はい！」

と言いつつミミは俺の後ろをついてくるようであった。特に怪我も何もしてないんだけど、心配なのかね？　カーゴスペースに着いた俺は武器庫として使っている一角に置いてある武器ラックにレーザーランチャーを固定し、ジャンク品ボックスに真っ二つにされたスプリットレーザーガンを放り込んでパワーアーマーを脱いだ。

「ぷはぁ、解放感」

「お疲れさまです！」

すかさずミミが程よく濡《ぬ》れたタオルを差し出してきたので、それを受け取って汗ばんだ顔や首周りを拭《ふ》く。パワーアーマー内はしっかり空調も効いてるんだけど、やっぱり汗をかくことはかくんだよな。

「ありがとう。そうだ、こいつを見てくれ」

そう言って俺はパワーアーマーの背部にマウントしておいたバルタザールの剣、大小一組をミミに見せてみた。

「剣、ですか？　これ、貴族様の持っているようなやつですよね？」

「うん。メイと一緒にバルタザール某《なにがし》をボコしたらダレインワルド伯爵がくれた」

「そんなに簡単に貰えるものなんですか……？」

ミミが困惑した表情を見せる。うん、困惑する気持ちはわからないでもない。でも貰ったものは仕方がない。くれるって言うなら断る理由もないし、メイも受け取って問題ないって言ってたしね。

「わからんけどくれるって言ってたから……」

「そ、そうですか……」

困惑しつつもミミは剣というものに興味津々のようである。ミミにとって剣というものは帝国貴族の象徴、つまり雲の上の人物が持っているものという認識だ。日本の認識で例えると……議員バッジみたいな？　ちょっと違うか？　まぁとりあえず自分では絶対に手の届かないものって認識だろう。

「持ってみるか？」

「良いんですか？」

「良いんじゃないか。ああ、めっちゃ斬れるから扱いには細心の注意を払ってな」

「はいっ」

ミミに短剣を渡し、俺は長剣のほうを手に取ってみる。

ふむ、思ったより細いな。ヤレナ少佐が腰に差していた剣よりもだいぶ細身の剣であるようだ。切れ味は同じなんだろうか？　比較対象がないからわからんな。諸刃《もろは》で、剣身の幅はあまり広くなく、切っ先は鋭い。

威力よりも軽さと鋭さを重視した剣なんだろうか。まぁ切れ味は剣身の幅にあまり影響されないんだろうから、細身で軽いほうが有利っちゃ有利なのかね？

「結構ずっしりしてますね」

「そうなのか」

長剣を鞘《さや》に収め、ミミと剣を交換する。こちらは長剣に比べて幅広で剣身自体が厚く、切れ味も良さそうだが……それよりも頑丈そうなイメージの造りである。攻撃的な剣ではなく、どちらかというと防具のように使う剣なのかもしれない。

「……なにやってんのよ」

カーゴスペースの入り口からかけられた声に振り返ると、そこには呆《あき》れたような表情を浮かべたエルマが立っていた。俺はそんな彼女にも見えやすいように手にした短剣を掲げてみせる。

「戦利品の確認をな？」

「戦利品って……え、それ貰ってきたの？」

「うん。なんか知らんがバルタザールを俺とメイでボコってダレインワルド伯爵を助けたらくれた」

「うんってそんな軽く……」

そう呻《うめ》いてエルマが何か考え込むような仕草をする。

「受け取ったら不味《まず》かったのか？」

「いえ、そういうわけじゃないけど……まぁ、何かあるなら向こうから言ってくるでしょ。それよりもパーティーの準備をするんでしょ？　そんな物騒なものはしまって早く準備しましょう。ヒロはシャワーでも浴びてきなさい」

「はいっ！」

「へーい」

エルマの言葉に素直に従って俺とミミは剣を鞘に収めて武器ケースに放り込み、各々行動を開始する。ミミとエルマはカーゴルームから食材や飲み物を持っていくらしい。俺も素直にエルマの言葉に従って風呂《ふろ》に入るとしよう。

風呂から上がったら祝勝パーティーだな！

#8：クリスとミミ

「はー、食った食った」

祝勝パーティーでテツジン・フィフスの作ってくれたピザのようなものと、フライドチキンめいた何かをたらふく食った俺はササッと風呂を浴びて自室に戻ってきていた。

え？　パーティーの様子？　人造肉を併用した激ウマメニューに感動しながら皆でワイワイ飯食ったよ。パリピだったよパリピ。いや、酒飲んで騒いでるのは駄エルフ一名だけだったけど。

腹もいっぱいになったので、まだ飲んで騒いでる駄エルフはそれに付き合っている美少女二名と有能メイド一名に任せて俺だけ風呂に入って部屋に戻ってきたわけだ。どうにも白兵戦で想像以上に精神的にも肉体的にも疲労していたらしい。パーティーの後半でドッと疲れが出てきた。

「大変だねぇ」

ベッドサイドのコンソールを操作し、クリシュナの光学センサーが拾った映像をホロディスプレイ上に表示させる。そこに映ったのはクリシュナの鎮座するハンガーの様子である。

ホロディスプレイにはメンテナンス要員やメンテナンスロボットがハンガー内を忙《せわ》しなく動き回っている様子が映し出されていた。俺達はパーティーを楽しんだが、ダレインワルド伯爵家の人々は未《いま》だに事後処理に忙殺されているようだ。

クリスの話によると今回の襲撃にはダレインワルド伯爵家が掌握しているはずのコーマット星系軍からもバルタザールに協力した者がいたらしく、ダレインワルド伯爵家とコーマット星系軍は上を下への大騒ぎであるらしい。

そういう話は俺みたいな傭兵には関係のない話だけどな！　今はダレインワルド伯爵の旗艦に着艦した状態で待機を命じられている状態だし、待機中は何をしていても俺達の自由というわけだ。当然、出動要請があれば出動する必要はあるわけだが。

戦場の後始末を終えたダレインワルド伯爵の船団はコーマット星系の中核コロニーであるコーマットプライムコロニーに向かい、曳航《えいこう》した船の引き渡しや負傷者の治療、損壊した艦船の修理など諸々《もろもろ》の用事を済ませるつもりであるらしい。その間、俺達は待機を命じられたというわけだ。

もうお膝元《ひざもと》に来たわけだし、首謀者であるバルタザールも捕らえたわけでもあるし、用済みだとばかりに放り出されるかな？　と思っていたのだが、意外とダレインワルド伯爵は義理堅かったようである。

などと考え事をしながらベッドに大の字で寝転がっていると、入室を求めるチャイムが鳴った。一応この部屋の扉も気密扉で頑丈だからか、ちょっとしたノック程度じゃ中まで全く音が聞こえなかったりする。そのために中の人を呼び出すためのチャイムが据え付けられている。エルマはそれでも聞こえるくらいドンドン扉を叩《たた》いてきたりするけど。

「こんばんは」

ミミかメイが俺の様子を見に来たのかな？　と思って扉を開けると、そこに居たのはクリスであった。

流石《さすが》にクリスが来るとは思っていなかったので、俺の格好はボクサーパンツにタンクトップというそれはもうラフな格好である。有り体に言って下着姿である。

「ちょっと待ってくれ」

「はい。お寛《くつろ》ぎのところをすみません」

流石に下着姿はまずかろう、とズボンだけでも穿《は》くことにする。クリスは俺に気を利かせてそっと視線を横にずらしてくれていた。申し訳ねぇ。

「ええと、どうしたんだ？」

「特にこれといった用事はないです……ただ、二人でお話がしたくて」

「なるほど？」

わかるようなわからないような理由だが、別に拒否するようなことでもない。俺はベッドから少し離れた場所に設置されている椅子とテーブルのほうにクリスを導いた。流石に貴族のお嬢様を男のベッドに座らせるわけには行くまい。そういう意味では男の部屋に彼女を迎え入れること自体がアウトな気がするが。

「悪いがお茶とか気の利いたものはないんだよな……これでもいいか？」

「はい」

クリスがコクリと頷《うなず》いたので、俺は据え付けの冷蔵庫から炭酸抜きの黒い砂糖水めいたドリンクをテーブルの上に置いた。うーん、ちょっと刺激が物足りないけど五臓六腑《ごぞうろっぷ》に沁《し》み渡るなぁ。

「まぁ、なんだ。改めてお疲れ様だ。とりあえずはこれで危機は去った、ってことで良いだろう」

「はい、ありがとうございました。お祖父《じい》様もヒロ様のことを褒めていましたよ」

「本当かぁ？」

あの爺《じい》さん、俺と顔を合わせる時はいつも眉間《みけん》に深い皺《しわ》を刻んで不機嫌そうなんだが。まぁ、傭《よう》兵《へい》としての俺の力は認めてくれているってことなのかね。

「はい。不機嫌そうな表情でしたけど、腕は確かなんだろうって言っていました」

「そうか。まぁ悪い気はしないな」

と、ここで気づいて俺は椅子から腰を上げ、ベッドの脇《わき》のクローゼットの中から薄紫色の宝石があしらわれているネックレスを取り出した。俺の愛用のジャケットのポケットに入れていたものだ。

「そろそろこれを返しても良い頃《ころ》だろ」

「それは……」

俺の手の中で光るネックレスにクリスが視線を向ける。その表情はどこか寂しげというか、悲しげなものだった。

「まだもう少しクリスを守る騎士役として働かせてはもらうけどな。とはいえ、ダレインワルド伯爵からクリスを保護していた件についての報酬はもう貰《もら》ったし、ここがこのネックレスの返し時だと思う。大事なものなんだろう？」

「……はい」

俺がネックレスを差し出すと、クリスはそれを素直に受け取り、その小さな手でぎゅっと握りしめた。それを見届けた俺は再び椅子に腰を下ろし、クリスの真正面に座る。

「あの、私……」

「うん」

「私、ヒロ様を……ヒロ様のことをお慕いしています」

クリスはネックレスをその小さな手で握りしめたまま顔を真っ赤《まか》にし、涙で黒い瞳《ひとみ》を潤ませながらそう言った。

「……うん」

それはなんとなくわかっていた。クリスとは二度も添い寝をした仲である。彼女はローティーンの少女だが、貴族として高度な教育を受けている淑女でもある。俺のことを憎からず思っていなければ、あのような真似《まね》はすまい。

彼女がそういう感情を俺に抱く理由だって心当たりがないでもない。実態は別として、彼女から見れば俺は危機を救ってくれた白馬の王子様以外の何者でもないだろう。乗っているのは白馬ではなく、真っ黒い小型戦闘艦だけど。

何にせよ、多感な時期の少女にとって自分を守ってくれる、守ってくれた男という存在はそういう対象として申し分ない存在だろう。そんなものは一時の熱病のようなものだ、と切って捨てるのはあまりにも残酷な仕打ちだ。本人にとってはこれ以上なく本気で、最大限の勇気を振り絞った告白なんだろうし。

「嬉《うれ》しいよ。クリスみたいな可愛《かわい》い女の子にそう言われるのは。でも、やっぱりその想《おも》いを受け止めるのは……あぁ待て、泣くな泣くな」

クリスがぽろぽろと涙を零《こぼ》し始めたので、慌ててその涙を手で拭《ぬぐ》ってやる。すまんね、ハンカチの一枚も用意してなくて。まったくもって進歩がないな、俺は。

「大人の事情というか、貴族としてのクリスの事情もある。バルタザールは確実に廃嫡の上で処分されるだろうし、そうなるともうダレインワルド伯爵家にはクリスしか跡取りが居ないわけだ」

親戚《しんせき》とかから適切な人材を養子に引っ張ってくるって方法もあるのかもしれないが、そこまでするかはちょっと俺にはわからん。

「そんなクリスとどこの馬の骨ともわからん俺がそういう関係になるのをダレインワルド伯爵が認めるとは、俺は思えない。伯爵が認めれば良いのかというと、そういうわけでもない。俺は傭兵稼業をやめるつもりは今のところないんだ」

もしダレインワルド伯爵が俺とクリスとの仲を万が一認めたとしたら、まぁ入婿という形になるんだろうけど惑星上居住地に住んで炭酸飲料飲み放題って野望は叶《かな》えられることになるのかね？なりそうだが、それはなんか違うよなぁ。俺は俺の手で、実力で野望を成し遂げたいんだ。

「ダメ、ですか……？　私がダレインワルド伯爵家を捨てると言ってもダメですか？」

「ダメだ。そうしたらダレインワルド伯爵は激怒して俺を始末しにかかるかもしれない。悪いが、俺は今の生活を捨ててまでクリスとそうなろうとは思えない」

俺の言葉にクリスは再びポロポロと涙を流し始めた。俺の今の言葉は、つまりクリスとの決別宣言でもあった。よりストレートに言えば振ったとも言う。

クリスにも言った通り、俺は今のミミとエルマとの傭兵生活を捨ててまでクリスとどうにかなるつもりは全くない。俺がダレインワルド伯爵に追われることになればミミとエルマを危険に晒《さら》すことになる。男としても船のオーナーとしても、俺にとって大事な女性であり大事なクルーでもある二人を、危険に晒すようなことはできない。

有り体に言えば、俺にとってはクリスの気持ちよりもミミとエルマとメイとの生活のほうが大事なのだ。クリスには申し訳ないが。

俺は小型情報端末を操作し、メイを部屋に呼んだ。程なくしてメイが部屋に現れ、椅子に座る俺と同じく椅子に座ったまま嗚咽《おえつ》を堪《こら》えているクリスの姿に視線を走らせる。

「すまん、メイ」

「いいえ。お任せください」

メイはそう言って涙を流すクリスを連れて俺の部屋から立ち去っていった。なんとか俺自身が慰めてやれればよかったんだが、残念ながら俺は振った女の子を上手《うま》く慰めるような高度な恋愛スキルを持ち合わせていない。困った末にメイに押し付けるとか最低だな、俺。

「はあぁぁぁぁー……」

クソデカイ溜息《ためいき》を漏らしながらベッドにダイブする。寝てしまおう。そうしよう。

俺は脳裏を過《よぎ》る落涙するクリスの姿に苛《さいな》まれながら意識を手放した。

☆★☆

不貞寝《ふてね》から目覚めた。なんとなく頭や肩が重く感じるし、微妙に頭痛もする気がする。コンディションは最悪である。自分の身と今の生活を守るために、いたいけな少女の純粋な好意を袖《そで》にしたのだ。それを改めて自覚して心がズンと重くなる。

言い訳はいくらでもできる。祖父であり当主であるダレインワルド伯爵が認めるはずがないだろうとか、クリスとそういう仲になったら傭兵稼業は続けられないだろうとか、ミミとエルマとも別れなければならなくなるだろうとか。

もしかしたら伯爵は首を縦に振るかもしれないし、傭兵稼業は続けられなくともクリシュナを駆って宙賊をぶっ飛ばすくらいのことは続けられるかもしれないし、ミミやエルマだって側室――所謂《いわゆる》愛人のような立場でなんとでもなるのかもしれない。

だが、そうなったとしてそれは俺が心からのびのびと過ごせる生活なのだろうか？　と考えるとやはり俺はどうにもそうは思えない。入婿とはいえ貴族ともなれば様々な柵《しがらみ》に縛られることになるだろう。クリスもきっと色々と苦労するに違いない。

だからこそ俺が支えてやれれば良いのかもしれないが、正直俺が貴族社会でそこまで上手く立ち回れる気が微塵《みじん》もしな――。

「えいっ」

「おふぅ⁉」

可愛い掛け声とともにうつ伏せに不貞寝していた俺の背中に柔らかい感触と程よい重みが襲いかかってきた。なんじゃあ⁉　と苦労をしてもがき、仰向《あおむ》けに寝返りを打って襲撃者を確認してみると、明るいブラウンの瞳がこちらをじっと見つめていた。その瞳はこちらをじっと見つめながらも、どこか不安に揺れているように思えた。

「ミミ」

俺がそう言うとミミは何も言わずに頭を俺の胸元にこすりつけてきた。犬か何かかな？　なんとなくミミの明るい茶色の髪の毛の中に犬のような耳がついているのを幻視してしまった。

「どうした？」

ミミの頭を撫《な》でてやると、ミミは俺の胸に頭を預けてじっと俺の顔を見つめてきた。その目に急に涙がじわりと滲《にじ》み始める。

「うぅー……」

「いやほんとにどうした？」

わけがわからず手でミミの涙を拭ってやると、ミミは声もなくグズグズと泣き始めてしまった。俺の胸に顔を埋《うず》めて泣くミミの頭を暫《しばら》く撫でていると、やがてミミの泣き声が治まってきた。終わったかな？　と思って胸元に視線を向けると、目を真っ赤にしたミミが鼻水を垂らしながらスンスンと鼻を鳴らしていた。

「ああもう……かわいい顔が台無しじゃないか」

「ヴぅ……」

枕元から再生利用可能なウェットティッシュを取り出してミミの顔やら鼻やらを拭《ふ》いてやる。使用が終わったら専用の屑籠《くずかご》に放り込んでおけば再び利用可能なウェットティッシュとして再生されて自動補充されるのである。どういうメカニズムなのかは俺は知らない。

未《いま》だ鼻を鳴らしてべそをかいているミミの頭を撫でながら落ち着くのを待つ。そうしているだけで先程のクリスのことを考えていた時のような鬱屈《うっくつ》とした感情が薄らいでいくのを感じた。なんと薄情なのだろう、と思うと同時にやはり俺にとってはミミと、そしてここにはいないがエルマとの生活が安らぎをもたらすのだな、ということを強く自覚する。

「ミミ」

「……はい」

「俺はミミとこうしてるのが一番落ち着くみたいだ」

「……ふぐうぅヴ〜〜」

ミミがまた泣いてしまった。今日のミミはよく泣くなぁ、と内心苦笑しながら俺はミミの頭を撫で続けた。

「ご迷惑をおかけしました……」

「あんまり気にするな」

犠牲になったのは俺が着ていたシャツ一枚である。自動洗濯乾燥機に放り込んでおけばすぐに綺《き》麗《れい》になるのでなんてことはない。ウェットティッシュのストックはかなり減ってしまったけど。再生に多少時間がかかるからな。

「それで、なんで泣いてたんだ？」

そう聞くと再びミミの目にじわりと涙が浮かび始めた。だが、ミミはその涙をなんとか堪えてポツリポツリと話を始める。

「その……ヒロ様とクリスちゃんの話をメイさんから聞いて」

「うん」

「私、ヒロ様がクリスちゃんでなく私とエルマさんを選んでくれたということを……喜んでしまったんです」

「うん……んん？」

喜んでくれたということはわかったが、それがなんであの大号泣に繋《つな》がるのかがよくわからない。いや、もしかして？　と思うことがないわけではないが、確信は持てないな。

「私、クリスちゃんが選ばれなかったことを喜んでしまったんです。ヒロ様は私達を、私を選んでくれたって。私、なんて嫌な子なんだろうって……それで、部屋で一人で悩んでいたら寂しくなって、ヒロ様が優しい顔でどうしたって心配してくれて、なんだかもう頭の中がぐちゃぐちゃになっちゃってぇ……」

「おおう、よしよし……」

再び目から涙を溢《あふ》れ出させるミミを胸に抱き寄せ、頭を撫でてやる。

ミミ的には仲良くしていたクリスが傷ついたにも拘《かかわ》らず、それを喜んでしまった自分が許せないんだろう。

「こんなつもりじゃなかったんです。ヒロ様もきっと落ち込んでるだろうと思って、それで、私、ヒロ様を慰めようとしたのに……なのに逆にヒロ様に甘えて……私、自分がこんなに卑怯《ひきょう》で、浅ましくて、嫌な子だったんだって……」

ミミが俺の胸元でそれはもうとても深い溜息《ためいき》を吐《つ》く。ついでに俺の胸元にじんわりと湿った感触が感じられるようになってきた。二枚目のシャツも犠牲になったのだ……まぁいいんだけれどもさ。

「どん底の気分から平常時より少し沈んだくらいの気分に戻してもらえたのは間違いないから。ミミはちゃんと仕事を果たせてるから。そんなに思い悩まないでくれ」

「うぅー……」

ミミが胸元から涙目で俺を見上げてくる。折角拭いてあげたのにまたひどい顔になってるな。ほら、拭いてやろう。ちーんしなさい、ちーん。しかしこのままでは俺の部屋のウェットティッシュが全滅してしまう。再生速度より消費速度が速すぎるのだ。さもありなん。

「なんか小腹が空《す》いたな。食堂に行くか」

「はい……」

ミミをベッドから立たせてもう一度シャツを着替え、連れ立って食堂に向かう。ついでにシャツを自動洗濯乾燥機に突っ込んでおく。ミミが申し訳なさそうな顔をしていたのは見なかったことにしよう。

「あら、早かったわね……ってミミ、目が真っ赤《まっか》じゃないの」

「直ちに処置致します。ミミ様、そちらの席にお座りください」

食堂ではエルマがちびちびと酒らしきものが入ったグラスを傾けており、メイもその側《そば》で待機していた。ミミの顔を見たメイがテキパキと何かを用意し始めるのを横目に見ながらミミと並んで食堂の席に着く。

「エルマは落ち着いてるな」

「そりゃね。だってどうしようもないわよ」

そう言ってエルマはグラスをテーブルの上に置き、苦笑いを浮かべた。

「現実的に考えてダレインワルド伯爵がヒロとクリスのお付き合いを認めるわけがないもの。そもそも、クリスにそんな暇はないだろうしね」

「どういうことだ？」

エルマの言う『暇がない』という言葉の意味がわからず首を傾《かし》げる。

「跡継ぎになるべき人であったミミの父親が死んでバルタザールも処分するとなると、クリスが領地を継ぐしかないわけでしょ。ダレインワルド伯爵は貴族だから延命治療も思いのままだろうけど、それでも限界があるわ。これで万が一ダレインワルド伯爵がぽっくり逝ったりしたら、ダレインワルド伯爵家には未熟なクリスしかいなくなってしまうじゃない。まぁ、そうなっても良いように何かしらの手は打つでしょうけど、いずれにしてもクリスの教育は急務でしょうね」

「なるほど」

「クリスは当分厳重な監督下で領主として、貴族としての教育を詰め込まれるはずよ。色恋にかまけている暇はないでしょう。幸い、クリスはまだ成人年齢までは時間があるから教育そのものは間に合うでしょうけど、代わりに行動の自由は一切ないんじゃない？」

「それはそれで可哀想《かわいそう》な気がするが……」

「それが帝国貴族の務めってやつよ。貴族としての力を振るう代わりに、やることはちゃんとやらなきゃならないわけ。まぁ、気の毒ではあるわね……ただ」

エルマがジトリとした視線をメイに向けた。そんな視線を向けられたメイは何やらタオルのようなものをミミの目の辺りに当てて泣き腫《は》らしたミミの顔を処置中である。

「どうした？」

「なんでもないわ。何事もなければ良いわね」

「ちょっと待て。なんだその怖い発言は」

「帝国の機械知性はねぇ……恋愛成就至上主義というか、ハッピーエンド至上主義というかなんというか」

メイにジトリとした視線を向けながらエルマが不穏な発言をする。

「恋と愛は銀河を救います」

メイもメイでエルマの視線を平然と受け止めながら極めて不穏な発言をする。待て待て待て。メイさん、一体クリスに何を吹き込んだんだ？

「あの子何歳だったっけ？　十二くらい？　だとしたらあと三年もすれば成人年齢か……その頃《ころ》ま

でにあの子が心変わりしていれば良いわね」

「大丈夫です、エルマさん。三年もあればヒロ様は私達に完全にメロメロです」

メイに処置されて完全復活したミミが両手をグッと握ってふんす、と気合を入れる。そんなミミにエルマは「あー、はいはい。そうね」とぶっきらぼうに返事しながらも長い耳を少し赤くしていた。ミミも立ち直ったようだし、エルマもいつも通りのようで大変よろしいのだが、俺の心は全く平静ではいられなかった。

「メイ、クリスに何を吹き込んだんだ？」

「大したことではありませんが」

「いいから、教えてくれ」

「はい。クリス様は貴族ですから。誰《だれ》にも文句を言われないように完璧《かんぺき》に次期ダレインワルド女伯爵として文句のつけようもないほどの力をつけて、ご主人様を囲ってしまえば良いのですと助言しただけです」

平然と恐ろしいことをサラリと述べるメイ。

「メイ……あのな、俺は貴族になるつもりは」

「ええ、なるつもりはないのでしょう。ご主人様は束縛されるのも窮屈なのもお嫌いのようですから。ですが、それならそれでいくらでもやりようはあるものです」

メイが口角を僅《わず》かに上げる。

「ヒェッ」

ゾクゾクする笑顔であった。愉悦？　愉悦なの？　何を企《たくら》んでるのかわかんねぇな！　こえぇよ！

「ご主人様が恐れる必要は何もありません。私の全《すべ》てはご主人様の快適で幸福な生活のためにあるのですから」

「そうですよ、ヒロ様。メイさんを信じてあげてください。メイさんは良い人です」

「まぁ、ヒロのためにならないことは絶対にしないだろうから安心はしておくと良いわよ。人かどうかは別として」

ミミはいつの間にかメイにとても懐いているようであった。対してエルマはどこか投げやりと言うか、諦《あきら》め気味である。長いものに巻かれる者特有のオーラを感じる。

「とにかく、これでクリス関連のゴタゴタもひとまず終わりね。あとはダレインブルグに行って、報酬を貰《もら》ったら気ままな傭兵《ようへい》生活よ。キャプテン、今後の活動方針を決めておいてちょうだいね？」

「お、おう……そうだな。心機一転して次のことを考えないといけないな」

ゲートウェイを通って随分離れた場所まで移動したし、周辺恒星系の情報収集もしなければならないだろう。金もそこそこ貯《た》まったから、母艦の購入を検討しても良いかもしれないな。そうすれば輸送でも稼げるようになるし、クリシュナのカーゴスペースを縮小して他の装備や設備を積むこともできるようになる。

俺としては母艦を購入したいと思うが、そうなるとできるだけ安く、良いものを買いたい。被撃破時の修理代金なんかは基本的に購入時の金額が基準となるので、船の本体や改造するためのパーツの購入費が安ければ安いほど維持費も安くなるのだ。そして、安く買うなら生産地に行くのが一番である。つまり、シップメーカーのある星系だ。

ふむ、この方向性で考えてみるとするか。

#9：次なる目的地は？

コーマット星系――というかコーマットプライムコロニーでの滞在は長期化する見通しであった。何故《なぜ》かと言うと、ダレインワルド伯爵家の旗艦にサプレッションシップが見事にぶっ刺さった結果、その修理に大きく時間を取られることになったからだ。

運の悪いことにサプレッションシップは旗艦の船体深くにまで突き刺さっており、その撤去と修理には十日程かかる見込みであるらしい。応急修理だけを済ませてとっととデクサー星系に行けばいいじゃないと俺などは思うのだが、貴族としての体面上旗艦に空いた大穴を応急修理だけして本星に戻るというのは良くないのだそうだ。

「日当は出してもらえるようだし文句はないけどな」

「本当にこれで一日25万エネルも貰って良いんでしょうか？」

「クライアントの意向には逆らえないわよ」

コーマット星系は鉱物資源が豊富で、その上星系内の二つの惑星でテラフォーミングが行われている星系である。二つの惑星のうち一つが近々テラフォーミングを終えるということでコーマットプライムコロニーは拡張工事を行っており、元より豊富な鉱物資源の加工や取引に訪れる商船も多いということもあって急速に活気づきつつあるコロニーであった。

当然それらを狙《ねら》った宙賊も多くなってきているため、傭兵としては是非宙賊狩りに繰り出したいところであるのだが、今のダレインワルド伯爵家護衛艦隊は痛手を負っており、更にコーマット星系軍の一部がバルタザールの反乱に参加して護衛艦隊と交戦した結果、星系軍の戦力も大きく損なわれている状態だ。

このような状態だと大規模な宙賊団にコロニーそのものが襲われる危険性も皆無ではなく、もしもの時に備えてクリシュナとそのクルーはコロニーで待機するようダレインワルド伯爵に申し付けられているのであった。

「このコロニーは活気があるのは良いけど、娯楽が今ひとつよねぇ」

「生活物資の物価は安いですけどね」

「高級品を扱う店は少ないよな。全体的に質より量って感じだ」

恐らく今後はテラフォーミングを終えた惑星から得られる天然資源を目的とした交易が活発になり、それに合わせてコロニーの拡張工事を担う労働者向けの質より量を重視する店舗ではなく、量より質を優先した高級店が増えてくるのであろう。

「まぁ、今日も一日お船でまったりと過ごすことになるわけだ。のんべんだらりと過ごすのも良いが、今日はちょっと今後のことについて話し合いをしたいと思う」

そう言って俺は今後の方針について話を切り出すことにした。

「今後の方針なんだが、母艦の購入に踏み切りたいと思うんだ」

「母艦ねぇ……予算は？」

「現時点で大体2500万くらいかな。ダレインワルド伯爵からどれだけ報酬が出るかわからんが、まぁ3000万くらいは予算として考えて良いんじゃないか」

このまま行けば日当だけでも合計500万エネルくらいは出そうだしな。その他にも依頼の達成報酬やバルタザールの襲撃を退けた件で報酬が上乗せされそうな気がする。

「んー……それくらいあれば……でもちょっと厳しくない？」

エルマが眉間《みけん》に皺《しわ》を寄せながら首を傾げた。確かに3000万くらいだと一般的な母艦の購入費用とカスタマイズ費用だけならともかく、万が一撃破されてしまった際の保険料を考えると少々心許《こころもと》ない。

「複数台の戦闘艦を運用する予定はないから、ハンガーはクリシュナ一機分で良いと思うんだよな。で、下手《へた》に攻撃能力を持たせないでシールド容量を大きくして、逃げ足とカーゴ容量を重視するって方針で考えてる。あまりに攻撃能力が高いと攻撃されるだろ？　逃げるまでの足止めはクリシュナですれば良いわけだし」

「なるほど、戦闘を想定しない貨物船寄りの母艦ってわけね。それならいけるでしょうね。それでもギリギリでしょうけど」

「ああ、だから少しでも安く買うためにシップメーカーのある星系に行こうと思うんだよ。問題はどのシップメーカーのどの機種を買うかなんだがな」

そう言って俺はタブレット型の情報端末を操作し、食堂に設置されているホロディスプレイ上にカタログを表示した。

「一応候補は絞ったんだ」

最初に画面に表示されたのは、リコンインダストリー製の【ＲＩＭＳ－０１３　Ｎｉｇｈｔ　Ｈａｗｋ】だ。この母艦は速力重視の中型母艦で、装甲やシールド容量、カーゴ容量には若干難があるものの、母艦としてはトップクラスに足回りが良い。運動性も悪くないし、装甲やシールド容量に難があると言ってもそれは他の母艦に比べてという話である。一般的に中型艦船に若干劣るといった程度で、宙賊の使うような民間船を適当に改造したような中型船よりはずっと頑丈だ。

「なんだかシュッとしてかっこいい船ですね。ちょっとクリシュナに似てる気がします」

「流線型でシャープな感じの船ね。逃げ足が速いのは悪くないと思うわ」

「そうですね。しかし、クリシュナを運用するには少し合っていないのではないかと思います。クリシュナの攻撃力を活《い》かす運用をするのであれば、逃げ足よりも堅牢《けんろう》さを重視したほうが良いのでは？」

「なるほど。次の候補はメイの主張に合致するかもな」

次にホロディスプレイに表示されたのはスペース・ドウェルグ社製の大型母艦【ＳＤＭＳ－０２０　Ｓｋｉｚｂｒａｚｕｎｉｌ】だ。こちらはナイトホークに比べて速力には劣るがシールド容量が多くて装甲も厚い。カーゴ容量も大きくて交易にも力を発揮するし、艦の設計自体に余裕があるのでカスタマイズ次第では単なる母艦兼輸送艦としてだけでなく、採掘船にすることも調査船にすることもできる。

ただ、艦の重量が大きいせいで速度性能や運動性能はお察しだ。もともとの重量が大きいためインターディクトにも弱いし、超光速ドライブ時の速度性能もかなり控えめである。ハイパードライブの性能はあまり変わらないけど。

「ゴツくておっきいですね！」

「性能は申し分ないけど、フォルムは私好みじゃないわね」

「クリシュナの攻撃性能を活かすのであればこういう船のほうが合うと思います。超光速航行時の速度性能が控えめでインターディクトにも弱いですが、宙賊から寄ってきてくれるならご主人様にとってはむしろ良いカモなのではないでしょうか」

「まぁ、確かにな。でも俺的には足が遅すぎるのもちょっと引っかかるんだよなぁ」

三つ目の候補をホロディスプレイに映し出す。こちらはイデアル・スターウェイ製の中型母艦【ISMS－007 Chrome Elephant】という母艦だ。この船は前に出てきた二つの丁度中間くらいの性能である。ナイトホークよりも速度で劣るがシールド容量や装甲は厚く、カーゴ容量は大きい。スキーズブラズニルに比べれば速度や運動性で勝り、逆にシールド容量や装甲、カーゴ容量では劣る。

「帝国軍の船になんとなく似てませんか？」

「帝国軍の船はイデアル製だからね。イデアルの船を見ていると忌まわしい記憶が呼び覚まされそうになるわ」

「中途半端はいけませんね。逆に言えばナイトホークで逃れられる相手から逃れられず、スキーズブラズニルに耐えられる攻撃に耐えられないということですから」

「これはボツか……スペックは悪くないんだが」

ミミはあまり頓着《とんちゃく》しないようだが、エルマ的にはこの船はどうも相性が悪そうだ。メイも反対のようだし、クロムエレファントの採用はないな。

「じゃあクロムエレファントは外してナイトホークかスキーズブラズニルのどっちにするかってことで話し合おうか」

「そうね」

「そうですね」

「わ、私はどちらでも……皆さんにおまかせします！」

ミミが早速棄権した。まぁミミは船の運用に関してはまだ勉強不足だものな。というかこの図、エルマがナイトホーク推しでメイがスキーズブラズニル推しになるのは目に見えているから、結局俺が決めることになるよね……？　どうしたものかな。

「まず、母艦を導入する目的を明確化しよう」

「そうですね」

「そうね」

ミミとエルマは俺の提案に素直に頷《うなず》いた。メイも無言で頷いている。

「目的を突き詰めればそれは最終的に『今よりも多く稼ぎたい』に集約されると思うんだ。で、現状で何がボトルネックになっているのかって考えると、それはカーゴ容量を含めた拡張性の少なさだと思うんだよな」

「基本的にクリシュナは戦闘型の小型艦のようですから、そこは覆し難《にく》い点ですね」

メイが頷いて同意する。

そう。クリシュナは小型戦闘艦である。戦闘を主眼に置いて設計された船なので戦闘能力は高いが、拡張性は低めだ。カーゴ容量も小さく、戦利品も多くは運べない。折角宙賊をぶっ飛ばしてもあまり多くの戦利品を鹵獲《ろかく》することができないのである。

「だから、今回の母艦を購入する目的というのはクリシュナにないカーゴ容量や拡張性の獲得ということになる。その点で一番優れているのはこの三つの中だとスキーズブラズニルだよな」

「そうですね」

「そうね」

「うん、ここまでは同意を得られて何よりだ。で、それだけを重視するならスキーズブラズニルで決まりなんだが、対抗馬のナイトホークはスキーズブラズニルに比べると拡張性で劣るけど足が速い。機動性ってのは大事な要素だよな。襲われた際に逃げるのにも足が速いのは便利だし」

「うん、その通りね」

「そうでしょうか？」

ここでエルマとメイの意見がぶつかった。

「襲われた際に逃げるということは、搭載しているクリシュナを発艦させずにそのまま逃げるということだと思いますが、それではクリシュナの攻撃力が活かせません。逆にクリシュナを発艦させて戦闘を行う場合においては、母艦クラスの大きさの船では多少の機動性などあったところで回避などは望めません。その場合はナイトホークのシールド容量の少なさと装甲の薄さがクリシュナの弱点となります。ナイトホークを選ぶ利点は超光速航行時の巡航速度が若干速い、という点しかないと考えられます」

メイの理論展開には一分の隙もないように思われた。

「指摘はご尤《もっと》もだけど、クルーの安全性という視点が抜けているんじゃないかしら？　スキーズブラズニルの大きさと機動性じゃレーザー砲やマルチキャノンはもちろんのこと、大口径の実体弾砲や対艦魚雷すら避けるのが難しいわ。確かに強力なシールドと装甲は良いものだけれど、それでも耐えきれないような火力を投入されたらすぐに爆発四散することになるわよ。確かにナイトホークの大きさじゃ敵の攻撃を掻《か》い潜《くぐ》り続けるのは不可能だけど、足が速いぶんクリシュナが時間を稼いでいる間に超光速ドライブを起動することだってできるわ」

「基本的に宙賊を相手にするわけですから、大口径の実体弾砲や対艦魚雷を想定するのはナンセンスかと思います。彼らは獲物が中型艦以上の大きさの船の場合は沈めるのではなく鹵獲しようとする傾向が非常に強いですから、そのような過剰火力で母船を攻撃することはまず考えられません。それに、ナイトホークは母艦としては小型で、拡張性に難があります」

当初の目的である拡張性の確保という点でも要求を満たすものとは思えません、と言ってメイは首を横に振った。

「載せるのがご主人様の駆るクリシュナでなければナイトホークのほうが良いという場面は多いでしょうが、クリシュナと共に行動するのであればスキーズブラズニルのほうが適していると私は判断致します」

　そう言ってメイはじっと俺に視線を向けてきた。その視線を受けて俺は顎《あご》に手を当てて考え込む。

　メイのプレゼンが完璧《かんぺき》なのでスキーズブラズニルのほうが適切なように思えるが、果たしてそうだろうか？　ナイトホークの優れている点はやはりなんと言っても機動性だ。機動性の高さというのはつまり、操縦時のストレスの少なさである。更に言えば危険地帯から遠ざかるために要する時間の少なさでもある。

　実際に母艦を運用するとなると、恐らく操縦はエルマに任せることになるだろう。エルマが操縦を行うとなると、彼女の適性的にはナイトホークのほうが性に合うに違いない。

「母艦を操縦するのは基本的にエルマってことになるだろうから、そう考えるとエルマにとってはナイトホークのほうが操作しやすいんじゃないか？」

「それはうん。勿論《もちろん》そうね」

「私もそう思います」

　エルマだけでなくミミも俺の意見に同意した。元々エルマは制御の難しい高速艦を乗艦としていたのだ。彼女にとっては鈍重なスキーズブラズニルよりもナイトホークのほうが扱いやすい艦だというのは間違いないだろう。

「エルマ様が操艦されるのですか？　母艦は私が操艦するものだと考えていたのですが」

「うん？」

「ええ？」

メイの発言に俺とエルマが同時に声を上げた。

え？　メイが？　その発想はあんまりなかったわ。

「はい。クリシュナのサブパイロットとしてエルマ様の存在は不可欠なものですし、ミミ様のオペレーティングもまた同様です。そうなると、現状で戦闘時には手持《ても》ち無沙汰《ぶさた》な私が母艦を制御するのが一番だと思います。幸い、宙賊艦に接舷《せつげん》されて移乗攻撃を仕掛けられたとしても私であれば如何《いか》ようにも対処できますので。乗り込んできた宙賊が宇宙服やパワーアーマーなどを装備していない場合は全ハッチを開放して船内を急速に減圧するだけで制圧可能ですし」

「それはえげつない」

メイはメイドロイドである。見た目は黒髪ロングのクール美人さんだが、実際には機械生命体である。なので、彼女は生身というかそのままでも宇宙空間で活動できるようになっているらしい。略奪する気満々で軽装で飛び込んできた宙賊が穴という穴から色々なものを噴き出して絶命する様が脳裏にありありと浮かぶ。掃除が大変そうだなぁ……。

「私とてむざむざと撃破されるつもりはありませんが、万が一撃破された場合でも私であればなんとでもなりますから」

そう言って自らの胸に手を当て、メイは自信を感じさせる無表情で静かに頷いた。エルマと、そしてミミとも顔を見合わせる。どうやら俺達の行き先は決まったようだ。

「そうなると、次の目的はスペース・ドウェルグ社の造船所がある星系ということになるな。エルマとミミもそれで構わないか？」

「ええ、構わないわ」

「はい！」

「OK、それじゃあ次の目的地はそういう方向で。メイも良いな？」

「はい」

エルマとミミに続いてメイも静かに頷く。調べてみると、スペース・ドウェルグ社の造船所があるブラド星系はここからそう遠くはない星系であった。ダレインワルド伯爵家の護衛艦隊が修理を終え次第向かうことになるデクサー星系からハイパーレーンで四つ先だな。

「ブラド星系はスペース・ドウェルグ社の企業色がかなり濃い星系みたいですね。スペース・ドウェルグ社とその子会社がコロニーを運営してるみたいです」

「へぇ？　それは楽しみだな。ユニークな体験ができそうだ」

「まぁ……ユニークな体験になるでしょうね」

エルマだけは何故《なぜ》だか知らないが微妙な表情だ。以前訪れたことでもあるのだろうか？　まぁ、今は特に聞かないで楽しみにしておくとしよう。エルマなら危険なことや気をつけるべきことがあるならすぐに言うだろうし、今言わないってことはそういう類のものではないんだろう。

それにしても企業色の強い星系か。企業の自治区みたいな扱いになってるのかね？　政治的にどのような立場なのか凄《すご》い気になるな。その辺も含めて楽しみにしておくとしよう。

☆★☆

コーマットプライムコロニー滞在五日目。まだダレインワルド伯爵家の旗艦の修理は終わっておらず、俺達は暇を持て余していた。

待機命令というのはこれで結構なストレスを強いられる状態なのである。何かがあればいつでも出撃できるような態勢を維持している必要があるため、全員で船を空けるような真似《まね》はできないしエルマの場合は酒量の制限もかけられることになる。

前は待機任務中は禁酒だったのだが、今はメイがある程度フォローに回ることができるため禁酒にはしなかった。それでもエルマにとっては大きなストレスであるらしく、日に日に目が死んできているように思える。

俺とミミはエルマほどにはストレスは感じていないんだけどな。俺は下戸で酒は飲めないし、飲まない。ミミも成人はしているが、特に酒を嗜《たしな》んでいないし。

ただ、俺としても自由にクリシュナで宇宙に出ることができないのはストレスを感じている。シミュレーターでなんとか誤魔化《ごまか》しているが、やはり本物の宇宙を自由に飛び回りたいものだ。今の状況で一番ストレスが小さいのはミミなのかもしれない。

「暇だからトレーニング量が増えるっていうのは健全なんだか不健全なんだかわからないわね」

ぴっちりとしたトレーニングウェアを着込んだエルマが汗を拭《ふ》きながらぼやく。うむ、汗ばんで上気したうなじが大変色っぽい。

「比較的健全なんじゃないか。暇に飽かせて爛《ただ》れた生活を送るよりは」

「……すけべ」

「はーい、すけべでーす。痛い痛い」

開き直ったら頬《ほお》を軽く引っ張られた。まぁ実際のところ、最初の三日間くらいはかなり爛れた生活を送っていたのだけれどもね。

メイも入れて四人体制になったので、二人待機して二人は休憩という形でローテーションを組めるようになった。クリスが居た間は自粛していたというのもあり、二人きりでご休憩という形になるとどうしてもね。まぁ、それではいかんということでこうして健全に過ごすよう心がけるようになったわけだけども。

『ヒロ様』

突如トレーニングルーム内にミミの声が響き渡った。コックピットからの通信だな。俺はトレーニングルームの天井に設置されているスピーカー兼マイクユニットへと顔を向けた。

「はいよ、どうした?」

『えっと、ダレインワルド伯爵からメッセージが届きました。召喚状というか、招待状でしょうか。全員でダレインワルド伯爵家の旗艦に来るようにと』

「ふん? なんだろうな? まぁ了解。時間は? 今からか?」

『ええと、一時間後ですね。昼食もあちらで用意するそうです』

「お貴族様の昼食ね、そいつは楽しみだ。ミミもメイと一緒に出かける用意を進めてくれ。俺とエルマは汗を流してくるから」

『わかりました』

ミミとの通信が切れたので、エルマに視線を転じる。

「そういうわけだ。汗を流しに行こ――へぶっ」

エルマが今まで自分の汗を拭いていたのとは別のタオルを俺の顔に投げつけてきた。何をするのかね？

「あんたと一緒だと余計なことをしそうだから、ダメ」

「えー」

「えーじゃないわよ。これからダレインワルド伯爵に会いに行くんだから自重しなさい」

そう言ってプイッと視線を逸《そ》らしてエルマはトレーニングルームから一足先に出ていってしまった。まぁ、エルマの言うことも尤もだな。自重しよう、うん。

☆★☆

身支度を整えた俺達は全員でダレインワルド伯爵の旗艦へと向かった。白い船体に空いた大穴には修理ドローンがひっきりなしに出入りしており、急ピッチで修繕が行われているのが見て取れる。既に旗艦以外の船の修理は完了しており、コーマット星系内の治安は急速に回復しつつあるらしい。ダレインワルド伯爵は旗艦の修理よりもコーマット星系軍と護衛艦隊の修理を優先し、星系内の治安回復に力を注いでいるのだそうだ。

「で、俺達の出番は更になくなるってわけだ」

「星系の安定を考えれば妥当な采配《さいはい》だと思うけどね」

「ターメーンプライムコロニーに住んでいた頃《ころ》は星系軍の話とか、統治をしているお貴族様の動向についてはあまり気にしていなかったんですけど、こうして実際に関わってみるとお貴族様も色々と考えて統治してるんですね」

「実際に傭兵《ようへい》って立場になってものを見るようにならないと、こういう部分にはあまり目を向けることはないだろうなぁ。傭兵だけでなく、恒星間交易で稼いでいる商人なんかもこういった動向には注目してるんだろうけど、コロニーで働いてる多くの人にはあまり関係ないだろうし」

「コロニストのおよそ80%以上は自分が生まれたコロニーの外に出ることがないというデータもあります。そのような人々にとって宙賊やその脅威から自分達を守る軍人や傭兵といった存在は遠い物なのです」

へぇ、八割か。残り二割が軍人や傭兵、恒星内交易商人や恒星間交易商人ってことになるんだろうな。その他に恒星間航行をするような人はごく僅《わず》かなのだろう。でも十人に二人は外に出ることがあると考えると、そんなに少ないってわけでもないのかね？

そんな話をしながら歩いているうちにダレインワルド伯爵家の旗艦のタラップ前に辿《たど》り着《つ》いた。相変わらず揃《そろ》いのボディアーマーを着込んでレーザーライフルを携行しているムキムキマッチョのお兄さん達が歩哨《ほしょう》をしているな。

「どうも。伯爵閣下の召喚に応じて参上致しましたよ」

「お待ちしておりました。武器をお預かりしても？」

「勿論」

俺は頷《うなず》き、レーザーガンをホルスターごと歩哨をしているお兄さん達に預けた。予備のエネルギーパックもだ。ミミとエルマも素直にレーザーガンとエネルギーパックを預けている。

「少々重いですが大丈夫でしょうか？」

そう言いながらメイが黒い鋼球や警棒のようなものを次々とどこからか取り出して歩哨のお兄さんに預けている。圧縮金属素材で作られた特注の武器の数々は見た目以上に重いようで、全《すべ》てを受け取ったお兄さんが頬を引きつらせていた。

メイはあれらの武器を一体どこにどうやって収納しているのだろうか？　謎だな。大いなる謎だ。

「お待ちしておりました。どうぞこちらへ」

タラップを登って艦内に足を踏み入れると、メイドさんがすぐに案内をしてくれた。どうやら艦の上部後方の区画へと向かっているようだ。

「まだ昼食には早いと思うが、伯爵閣下は何の用なのかね？」

「それが、召喚状には特に用件は書いてなかったんですよね」

俺達を案内しているメイドさんも用件を聞いていないのか、口を開くことはなかった。

「こちらでお待ちください」

「どうも」

通されたのは広々とした応接間のような部屋であった。大型艦とはいえ随分と贅沢《ぜいたく》な空間の使い方である。広々とした応接間の一角には青々と植物の茂っているテラリウムが設置されており、応接間自体の広さと明るさも相まって一種の清々《すがすが》しさを感じるほどだ。

「うーん、さすが上級貴族。趣味が良いな。母艦を買ったらこんな感じのリラックススペースを作るか」

「良いんじゃない？　ここまで格式張った応接間は必要ないでしょうけど。カジュアルなソファとかテーブルセットとか置いて、大型のホロディスプレイなんかも設置しておけば色々と使いでがあるんじゃないかしら」

「食堂も今よりもう少し広々とした感じだと良いですね」

「クリシュナの食堂はあまり広くないもんな」

内装はかなり整えたが、クリシュナは小型戦闘艦なのでそもそもの居住スペースがあまり広くない。どんなに内装を整えたとしてもそもそもの空間に限界があるから、どうしても広々と、ということにはならないんだよな。

そういう意味で空間を広く、贅沢に使って快適さを演出しているダレインワルド伯爵の旗艦の内装は俺達に良い刺激を与えてくれたと言って良いだろう。購入する予定の艦は大型母艦だし、こんな感じの内装にすることは十分に可能なはずだ。あのテラリウムも良いな。是非採用したい。

応接間の内装を見ながらそんな話をしていると、ダレインワルド伯爵とクリスが入室してきた。

全員で立って二人を出迎える。

「ご苦労。座りたまえ」

ダレインワルド伯爵は相変わらず威圧感のある様子な上に言葉が短いにも程があるな。まぁ言われた通りに座るとしよう。

俺達とダレインワルド伯爵、そしてクリスがほぼ同時に席に着き、メイドさんの手によって紅茶――文字通り真《ま》っ赤《か》なお茶が淹《い》れられた。すると、ダレインワルド伯爵は室内のメイドさん達に視線を送り、その全てを退出させてしまった。人払いをしたのだ。人払いをしてまでの話とは一体何なのだろうか？　否《いや》が応でも警戒心が呼び起こされる。

「そう警戒するな。別に何かを押し付けようという話ではない」

「そうですか」

「クリスティーナからお前のことは委細聞いている。何より自由を好み、柵《しがらみ》を嫌うとな。お前はダレインワルド伯爵家にとっての恩人だ。その恩人の嫌がることを押し付けるようなことはせん」

「それはどうも」

クリスに視線を向けると、お行儀の良い微笑《ほほえ》みを返された。ううむ、お嬢様モード。

「今回の一連の事件に関しては私としても忸怩《じくじ》たる思いを抱いている。アレは確かに野心の強い男であったが、まさかここまでやるとはな。どうやら私も耄碌《もうろく》したらしい。いや、ぬるま湯に浸《つ》かりすぎたのか……何《いず》れにせよ私の不始末が息子と嫁の命を奪った。お前とその仲間達が居なければ私はクリスティーナすらも失っていただろう。改めて、クリスティーナを救ってくれたことを感謝する」

　そう言ってダレインワルド伯爵は厳しい表情のまま俺達に頭を下げた。高位貴族の当主が傭兵風情に頭を下げるというのはそうそうあることではないだろう。このためにダレインワルド伯爵は人払いをしたのか。

　ダレインワルド伯爵が下げていた頭を上げる。依然として厳しく見える表情のままだが、恐らくこの表情が彼のデフォルトの表情なのだろうな。

「受けた恩には十分な報いが必要だろう。私の権限で当家の騎士として召し抱えることも可能だが、それはお前の望むところではあるまい」

「ええまぁ、はい」

「地位や名誉といった形で報いることを望まないのであれば、取れる手段は限られる。即物的な話になるというわけだ」

　そう言いながらダレインワルド伯爵が手を振ると、ホロディスプレイが立ち上がった。どうやら表示されているのは旗艦の修理にかかる時間やデクサー星系への移動時間などを試算した結果らしい。

「この通り事が進めば護衛として雇う日数の合計は二十二日間になるだろう。それに加えて追加で報酬を支払うとする。合計で８００万エネルだ」

　護衛報酬５００万エネルに少々の上乗せがあるだろうと予測はしていたけど、これは思ったよりもドンと上乗せされたな。ただでさえ標準よりも高額な報酬を更にポンと凡《およ》そ一・五倍にするとか流石《さすが》は貴族だな。

「ありがとうございます。母艦を購入しようと計画していたところなので、とても助かります」

「母艦、ですか？」

俺の言葉にクリスが首を傾《かし》げる。クリスには聞き慣れない言葉だろうな。

「小型戦闘艦の発着艦機能と整備機能を持ち合わせた中、大型艦のことを母艦と呼ぶんだ。物資も沢山積めるから航続距離も延びるし、継続戦闘能力も上がる。それにカーゴ容量が大きくなるから宙賊からの戦利品も沢山鹵獲《ろかく》することができるようになる。より多く稼ぐためなら是非欲しい船なんだよ……と、伯爵閣下の前でクリスティーナ様にこんな口を利くのは良くないか」

「そんなに寂しいことを言わないでください。泣きますよ？」

「それは困るけど……」

チラリとダレインワルド伯爵に視線を向ける。俺の視線に気づいたのかそうでないのかはわからないが、ダレインワルド伯爵は瞑目《めいもく》して腕を組んだ。

「場所を弁《わきま》えればとやかく言うつもりはない。私にも気の置けない身分違いの友人はいるからな。だが……」

ギロリと睨《にら》まれる。怖い怖い。有り体に言って伯爵閣下は迫力がありすぎる。

「クリスの望むような関係になることは許さん。その点についてはお前のほうが弁えているようだから、これ以上は言い連ねる必要もなかろうが」

「お祖父《じい》様」

「この件について譲るつもりはない。貴族には貴族の、平民には平民の弁えるべき領分というものがある」

ダレインワルド伯爵の態度はまさに取り付く島もないというやつだな。無論、俺としてはクリスとそういう関係になるつもりは全くないので、それで構わないのだけども。クリスはたいそう不満げな表情だ。

「この話はこれで終わりだ。それで、母艦を購入するという話だったな？　この近くで、ということであればブラド星系にシップメーカーがあったはずだが」

「ええ、そのブラド星系に行く予定です。我々の要求に合致しそうな船を扱っているようなので」

「ならば役に立つかもしれんな」

ダレインワルド伯爵はそう言って懐に手を伸ばし、何かを取り出した。どうやら金属製のメダルか何かのようだ。はて？　なんだろうか。

「このメダルにはダレインワルドの家紋が刻印されている。これを持つ者の後ろ盾になる、という証《あかし》だ」

ダレインワルド伯爵が俺にメダルを差し出してくる。これは迂闊《うかつ》に受け取って良いものなのだろうか？

「別にこれはお前をダレインワルド伯爵家に縛り付けるような類のものではない。ダレインワルド伯爵家がお前に信を置き、その人物を保証するというだけのものだ」

「それは大したものなのでは……？」

つまりこれを持っている俺が不名誉なことをやらかすと、そんな俺にこのメダルを預けているダレインワルド伯爵家に迷惑がかかるということだろう。流石にこれを受け取るのはマズい気がする。

「気にせずとも良い。今言ったようにそれを預けることでお前に何かを課そうというわけではないからな。そう使うこともないだろうが、貴族に絡まれた時などにはそれを出せば相手が退くこともあろう。それに、ブラド星系のスペース・ドウェルグ社には我が領地から多くの金属資源を輸出している。ドワーフ共はあれでなかなかに義理堅い。そのメダルを提示すればいくらかの優遇を受けることもできよう」

そう言ってダレインワルド伯爵は俺に向かってメダルを放り投げてきた。放物線を描いて飛んできたメダルを慌てて受け取る。受け取ったメダルは五百円玉よりも随分と大きいが、思ったほどの重さではなかった。

銀色に光り輝く金属製だが、俺の知る金属ではないように思える。だがアルミニウムというわけではないようだ。銀だろうか？　シルバーアクセサリーなんかには興味が全くなかったから、全然判別がつかないな。いずれにせよ、こうして受け取った以上は突っ返すのも無粋か。

「強引ですね」

「ある程度の強引さがなくては伯爵家の当主などやってはおれんよ」

ダレインワルド伯爵が口角を僅かに上げる。どうやらそれが精一杯の彼の笑顔であるらしい。

「私からの話は以上だ。私は所用で外に出るが、お前達はクリスティーナと昼食を共にして行け」

「お祖父様？」

「帝国航宙軍との折衝があるのだ。今回はあちらもこちらも大騒ぎなのでな」

溜息《ためいき》を吐《つ》いてダレインワルド伯爵が席を立つ。俺も席を立とうとしたが、ジェスチャーで押し止《とど》められた。

「良い。クリスティーナの相手をしてやってくれ。この五日間、退屈そうにしていたのでな」

ではな、と言い残してダレインワルド伯爵は颯爽《さっそう》と応接間から立ち去——ろうとして足を止め、ミミに視線を向けた。

「ところでそちらの君とはどこかで会ったことがなかったかね？」

「ふぇっ⁉　わ、私ですか⁉　な、ないです……たぶん。今まで貴族の方とお話ししたのは、クリスちゃ——クリスティーナ様が初めてなので」

「ふむ……そうか。すまぬな、変なことを言った」

「い、いえっ！」

ミミが恐縮してブンブンと首と手を振る。生粋の帝国臣民で、平民であるミミとしては同じく生粋の帝国貴族であるダレインワルド伯爵が苦手であるようだ。可哀想《かわいそう》なくらいに動揺していた。

しかし、ダレインワルド伯爵の言葉は一体何だったんだろうか。単なる勘違いか、それとも他人の空似か。流石にミミが実は貴族の娘、なんて展開はないと思うが……ないよな？

「いや、しかし思った以上の金額になったな」

「領地持ちの伯爵家の財力を垣間見《かいまみ》たわね」

「金銭感覚がおかしくなりそうです」

☆★☆

クリスとの食事を終えてクリシュナへと戻ってきた俺達は食堂に集まっていた。話題はダレインワルド伯爵から提示された報酬の額である。

いや、本当に予想以上の額になって驚きだ。護衛費用とボーナスを合わせて800万エネルもポンと出してくれるとは。1エネル100円で換算したら8億円だよ、8億円。

しかもクリスを保護して無事守りきった件でも経費込みで同じく800万エネルを貰《もら》っているから、ダレインワルド伯爵は合わせて1600万エネルもの大金を今回の一連の騒動の報酬として俺に渡していることになる。日本円換算で16億円だ。とんでもないお大尽である。

まぁ、それはそれとしてミミの取り分は報酬額の0・5%なので4万エネル。エルマは3%だから24万エネルだな、残り772万エネルが俺の取り分になる。俺の所持金がおよそ2440万エネルだったから、これで俺の所持金はおよそ3210万エネルだな。1万エネル以下は弾薬費や燃料費、寄港料金などで消えていくからバッサリと切り捨ててある。

母艦の購入費用を3000万エネルと見積もっていたが、ダレインワルド伯爵のお陰でさらなる値引きも期待できそうだし、これは思ったよりも性能を盛れるかもしれないな。

「う、うーん……」

ミミは自分のエネル残高が表示されているタブレットを見て何やら汗を垂らしながらうんうんと唸《うな》っていた。ふむ……？　報酬額がやはり少ないかな。そうだよな、０・５％だもんな。俺が７７２万エネルも貰ってミミが４万エネルだけというのはいかにも少ない。よし。

「そういえば、最近はミミもオペレーターとしての仕事に慣れてきたよな」

「えっ？　ええと……そう、ですかね？」

俺の発言が唐突に思えたのか、ミミが何やら驚いたような様子を見せる。

「そうね。見習いを抜け出して駆け出しってところかしらね」

俺の思惑を知ってか知らずか、エルマも俺の言葉に同意した。うん、でも実際そうなんだよな。

「そろそろミミの分け前をもう少し多くしても良いんじゃないか？」

「えっ……い、いえ、いいです！　十分です！」

ミミがタブレットを持ったままブンブンと手を振る。報酬が上がる話なのに何故《なぜ》嫌そうなんだ？

「そうはいかないだろう。技能によって取り分が上がるのは当たり前のことだからな。ミミはもう入出港の手続きや弾薬や燃料の補給、戦利品の売買に関しては問題なくこなせるようになってるし、通信手やレーダー観測員としても仕事ができるようになってきている。能力相応の分け前を貰うのは当たり前じゃないか」

「そうね。分け前０・５％は最低レベルの水準だし。１％に引き上げても良いんじゃない？」

「そうだな。それじゃあ今回の報酬も4万エネルじゃなくて8万エネルに……」

「いっ、良いですからっ！　次から！　次からでっ！」

「いや、今回も大きく稼いだし今回分からちゃんとしておいたほうが良いだろう？」

何故か分け前を多く貰うことを拒否しようとするミミの態度に困惑する。少なくなるならまだしも、多く貰えることに抵抗するって何かおかしくないか？

「そんなにお金があっても使いきれませんよ！」

ミミが叫び、俺とエルマは互いに顔を見合わせた。

「8万エネルじゃ座布団もまともにカスタマイズできないよな」

「そうよね。最低限のジェネレーターも買えないと思うけど」

座布団というのはSOL《ステラオンライン》において一番最初に所持してる所謂《いわゆる》初期船というやつである。四角くて平べったい形状をしていることから座布団という愛称で呼ばれることが多い。座布団呼びはSOL内のスラングみたいなものなのだが、何故かエルマにも通じるようだ。こういう部分があるからこの世界がSOLとは別世界なのかどうなのか判断がつかないんだよなぁ。

「いや、ヒロ様とエルマさんの金銭感覚で話をされても困りますから。私は一般人ですから。4万エネルって、慎ましく暮らせば一年分の生活費になる金額ですよ？」

「そうか……？　そう言われればそのような気もするな」

1エネル100円で換算すれば4万エネルは単純に100倍して400万円である。税金とか保険料とかそういったものを全く考えなければ確かに一年くらいは余裕で暮らせる金額なのかもしれない。この世界は水と空気と住居使用料は高くつくらしいが、食費が滅茶苦茶《めちゃくちゃ》安いからな。

「でもよそはよそ、うちはうちだから。そこまで言うなら今回は０・５％のままにしとくけど、次回以降は１％に昇給するからな。これは決定事項だ」

「うっ……はい」

どうしようかなぁ、と呟《つぶや》きながら溜息を吐くミミ。前も言ったけど、使い途《みち》がないなら無理に使わなくても貯《た》めておけば良いんだよ。もし何かの理由でミミがこの船から降りる時が来れば、その時にはきっとその金が大いに助けになるに違いないんだから。

あ、なんかミミが船を降りるなんてことを想像したら胸が痛くなってきた。落ち着こう。ひっひっふー、ひっひっふー。

「何よ突然。不気味なんだけど？」

そう言いながら割と本気で心配している辺りなんだかんだでエルマは優しいと思う。

「いや、大丈夫。なんでもない。ちょっと嫌な想像をしただけだ。ところで、メイの報酬はどうしたら良いだろうか？」

俺の問題提起に当の本人――本機？　であるメイが首を傾《かし》げた。

「私への報酬、ですか？」

「うん。今後メイはクルーの一員として艦内清掃などの雑務全般に俺達の補佐、場合によっては教官役、それに護衛といろいろこなすことになるだろう？」

「なるほど。ですが、必要ありません。この船の食事を一手に支えてるからといってテツジン・フイフスに報酬は支払わないでしょう。それと同じことです。私がご主人様の仰《おっしゃ》ったような仕事をするのはメイドロイドとして当たり前のことですから」

「いや、でも服とか色々要るだろう？」

「私にはこのメイド服がありますし、予備もございます。必要ありません。もし業務上必要なものがある場合はご主人様に進言させていただきますので」

そういうものなのだろうか。エルマとミミに視線を向けてみると、ミミは首を傾げていたがエルマは頷《うなず》いていた。そういうものであるらしい。ううむ。

「……必要なものがあったら遠慮せずに言うんだぞ？」

「はい。気にかけて頂いてありがとうございます」

そう言って頭を下げ、顔を上げたメイの表情はこころなしか嬉《うれ》しそうに見えた。俺の勘違いかもしれないけど、こうして気を遣われるのが嫌というわけではないようだ。この世界の常識的には気にかける必要はないのだろうけど、俺としては今後も気をつけていくとしよう。よそはよそ、うちはうちだ。

エピローグ

コーマット星系でダレインワルド伯爵の旗艦の修理を終え、すぐ隣のデクサー星系に辿《たど》り着《つ》くまでにこれといった事件は起こらなかった。

それも当然といえば当然だ。既にダレインワルド伯爵家の当主の座を強奪せんと暗躍していたバルタザールは捕らえられ、彼の息がかかった者達はダレインワルド伯爵自身の手で一掃されたのだから。

騒動の首魁《しゅかい》たるバルタザールからどのようにして情報を聞き出したのかはわからないが、これだけ技術の進んだ世界であれば無理矢理口を割らせる方法などいくらでもあるのだろう。完璧《かんぺき》な自白剤とか脳から直接情報を読み取る装置とかがあっても驚かないよ、俺は。

「そういうわけでな、俺達は明日すぐにブラド星系に向かうことにしたよ」

寝室でホロディスプレイを立ち上げた俺は画面の向こうに向かってそう告げた。

『そうですか……もう少しゆっくりして行かれても良いのでは？』

そう言って画面の向こうの人物が寂しげに眉尻《まゆじり》を下げる。

「いや、あまり長居してもな。デクサー星系は伯爵家がしっかり治安維持しているから傭兵《ようへい》の仕事も少ないし」

『そうですか……』

画面の向こうの人物――クリスがそう言って俯《うつむ》く。黙って去ろうかとも思ったのだが、流石《さすが》にそれはあまりにも不義理だろうと考えてこうして連絡することにしたのだ。

「まぁ、うん。そういうわけでな……さよ――」

『また今度』

さようならだ、と言おうとしたところに言葉を被《かぶ》せられた。画面に目をやると、クリスは微笑《ほほえ》んでいた。なんだか、表情が少し大人びて見える気がする。

『また今度、です。絶対にまた会いに来てくださいね。できれば一ヶ月に一回くらいは会いに来てください』

「……一ヶ月に一回はちょっと難しいな。半年に一回くらいにまけてくれ」

『仕方ありませんね、じゃあ半年に一回で良いです。待ってますよ、私の騎士様』

「いや、依頼も終わったし騎士役はもう」

『私はまだヒロ様を騎士役から解任していませんよ。貴方《あなた》は今でも私の騎士様です』

そう言ってクリスがにっこりと笑みを浮かべる。そんな彼女からはなんだか今までにない迫力のようなものが滲《にじ》み出《で》てきているように思えた。

「……はは。なんだか押しが強くなったんじゃないか？」

『私もダレインワルド伯爵家の跡取り娘ですから。か弱いお姫様のままではいられません』

笑いながら指摘すると、クリスは自らの存在を誇示するかのように薄い胸を反らしてそう答えた。

なるほど、か弱いお姫様のままではいられないか。

『また会いましょう、ヒロ様。待っていますよ』

「善処するよ」

『会いに来なかったら捕まえに行きますからね。ダレインワルド伯爵家の力を総動員してでも』

「それは怖いな。ちゃんとご機嫌を伺いにくるとするよ」

コールドスリープポッドの眠り姫は俺達との旅を通じて少しだけ強《したた》かになったように思えた。もしかしたらメイの薫陶が効きすぎているだけかもしれないが。

「またな」

『はい』

互いに微笑みを交わし合い、通信を終了する。それで心残りはもうない。

☆★☆

「よーし、出港だ。各員チェックを」

コックピットのメインパイロットシートに座り、クルーに号令をかける。

「システムオールグリーン、弾薬よし、燃料よし。いつでも出られるわ」

隣のサブパイロットシートでエルマがコンソールを操作し、各項目をチェックする。クリシュナの自動診断システムはシステムオールグリーンを示しているが、そろそろ一度船体をオーバーホールしたほうが良いかもしれないな。問題は、同型の船種がどこにも存在しないところなのだが……まぁ、パーツに関しては特注になるかもしれないが、シップメーカーなら材質を分析して複製してくれるだろう。

「食料や水、医薬品などの補給物資も完璧です」

メイが船内に積み込まれている目録を再チェックして報告してくれる。船内の補給品の管理に関してはメイに一任することにした。元々はミミに管理を任せていたのだが、こういったことはメイドの仕事ですとメイが珍しく強硬に主張したのだ。

「よし。ミミ、出港申請だ」

「はい！」

ミミがコンソールを操作し、デクサープライムコロニーの港湾管理局に出港申請を行う。程なくして許可が下り、俺はクリシュナとハンガーとのドッキングを解除してゆっくりと船を進めた。

「出港時のワクワク感だけはほんとに何度経験しても薄れることがないな」

「そうですね、私もいつもワクワクします！」

「そうね。わかるわ」

そんな話をしながら港を抜け、俺達は再び無限に広がる宇宙に飛び出した。

「よし。ミミ、航路設定だ」

「はい、航路を設定します」

ミミがオペレーター席でコンソールを操作すると、目標の恒星系がＨＵＤ上にロックされる。俺はその方向に艦首を向け、クリシュナを加速させた。

「超光速ドライブ、チャージ開始」

「了解。超光速ドライブ、カウントダウン開始」

俺の指示に従ってエルマが超光速ドライブのチャージを開始する。

「5、4、3、2、1……超光速ドライブ起動」

ドォンと爆音のような音が鳴り、クリシュナが光を置き去りにして走り出した。遠くに見える恒星の光が尾を引いて線となる。何度見ても不思議な光景だ。

「ハイパーレーンへの接続成功。ハイパードライブ、チャージ開始するわ。カウントダウン、5、4、3、2、1——ハイパードライブ起動」

空間が歪《ゆが》み、光が歪曲《わいきょく》する。その次の瞬間、極彩色の光が視界を埋め尽くし、クリシュナはハイパースペースへと突入した。

「さーて、次は平和に……終わると良いなぁ」

「終わると良いですね……」

「……無理じゃない？」

「諦《あきら》めるなよ！」

完全に諦めムードのエルマに突っ込みながら俺達の乗るクリシュナは極彩色の不思議空間を疾駆していく。

次の目的地はブラド星系。シップメーカー、スペース・ドウェルグ社の工場がある工業星系だ。

☆★☆

行ってしまった。

轟音《ごうおん》と共にあの人とあの人が駆る黒い戦闘艦は光の矢となって飛び去ってしまったのだ。私の手の届かないところに。でも、それは仕方のないことだ。あの人は鳥だ。銀河という大空を羽ばたき、渡っていく鳥なのだ。

そんなあの人を無理矢理鳥籠《とりかご》に閉じ込めてしまったら？　きっとあの人はあの人でなくなってしまうのだろう。あの人と共に在りたいのなら、方法は一つ……いや、二つだ。

一つは、自分もまたあの人と一緒に銀河を故郷として飛び回る鳥となること。もう一つは、自分自身があの人が羽を休めるための場所となること。

私はあの人と一緒に飛ぶことはできない。あの人と一緒に飛ぶには、この身に課せられた使命は重すぎる。使命を投げ出してしまえばあの人と一緒に飛ぶことはできるのかもしれないけれど、そうするわけにはいかない。この使命は父様と母様に託されたものだから。

「行ったか」

いつの間にかお祖父《じい》様が私の背後に立っていた。お祖父様の視線はつい先程まであの人の船が映っていたホロディスプレイに向けられている。その表情は厳しい。

「クリスティーナ、わかっているとは思うが」

「はい、お祖父様」

どちらにせよ、今の私は何の力もない小娘だ。あの人を閉じ込めるための鳥籠を自分で作ることだってできはしない、無力な小娘だ。ちっぽけな鳥籠すら作ることのできない者が、どうして自由な渡り鳥が安心して羽を休めることのできる存在となれるというのか？

「ダレインワルド伯爵家の跡継ぎたるもの、いつまでも無力な小娘ではいられません」

「うむ、その意気だ。厳しく行くぞ」

「はい、お祖父様」

今、私にできることはない。だけど、一年後は？　二年後はどうだろう？　成人年齢を迎える三年後には？　とりあえずは三年後が一つの節目となるだろう。それまでに私は無力な娘ではなく、次期ダレインワルド女伯爵として周囲に認められるだけの力を手にする。

お祖父様も協力してくださる──つまりダレインワルド伯爵家が総力を挙げて私の後押しをしてくださるのだ。不可能な話ではない。

メイさんの言葉を借りるならば、そう。

恋する乙女は無敵なのだから。

#EX：武装客船クリシュナ号

デクサー星系を出発しておよそ三十分。俺達はデクサー星系の隣にあるイオメット星系へと移動すべく、ハイパーレーン内を航行中であった。サイケデリックな極彩色に彩られたハイパースペースの光景はいつまで経《た》っても見慣れることはできそうにない。ハイパーレーンごとに微妙に色彩や彩色のパターンが違うのは興味深くはあるのだけども。

「それにしても、ヒロは一顧だにしなかったわね。惜しいとは思わなかったの？」

「質問内容が抽象的だな。まぁ、ニュアンスは伝わってくるけど」

惜しくなかったのか？　というのはつまり、ダレインワルド伯爵が言っていた伯爵家の騎士として仕えるという話や、或《ある》いはクリスとの仲の話なのだろう。

「普通に考えれば栄達への近道なんだろうけどな」

そう言いながらチラリと俺の隣のサブパイロットシートに座るエルマと、その向こうにあるオペレーターシートに座るミミへと視線を向ける。

「でも、エルマとミミと送る今の生活と引き換えにするほどの価値があるものじゃないな」

クリスは可愛《かわい》い女の子だけど、まだ俺の守備範囲外だし。あと五年もすればどうなるかわからないけど。絶対に美人になるよね、あの子は。

「……ヒロはたまにこっちが恥ずかしくなるくらいストレートに物を言うわね」

エルマはそう言って顔を逸《そ》らすが、長い耳が少し赤くなってピコピコと動いているので色々と筒抜けである。あ、耳を手で隠した。

「もしヒロ様がダレインワルド伯爵家の騎士になったらどんな生活を送ることになったんでしょうね」

「さてな。俺の強みはクリシュナがあってのものだし、案外今とさほど変わらない生活になっていたかもしれないな。ダレインワルド伯爵もクリスも俺からクリシュナを取り上げるようなことはしないだろうし」

クリシュナには恐らくグラッカン帝国が有していないテクノロジーが多く使用されているから、もしかしたらダレインワルド伯爵家ではなくグラッカン帝国がクリシュナを研究のために供出するよう迫ってくる可能性はあるか。その時はダレインワルド伯爵家には悪いけど、グラッカン帝国に逆らってでもクリシュナを死守することになるだろう。やっぱり俺に宮仕えは無理な気がする。

「……まぁうん、とにかく縁がなかったってことで。俺は今の生活が気に入ってるんだ。でも、ミミとエルマの意見も聞くべきだったかな？」

考えてみれば、俺の独断でダレインワルド伯爵家の騎士になるって選択肢を蹴《け》ってしまったんだよな。二人がダレインワルド伯爵家での栄達と安定した生活を望んでいたなら、先走ってしまった形になるか。

「私も今の生活が気に入っていますから。クリスちゃんと離れてしまうのは残念ですけど」

「私も貴族に仕えるのはちょっとね。ヒロへの借金もあるし」

「ミミはともかく、エルマはそう言うなら1エネルでも返済……まぁ良いけどさ」

「ふーん？　まぁ、まとめて返すつもりだからもう少し待ってね？」

「へいへい、待ちますとも」

エルマめ、ニヤニヤしやがってからに。別に金に困ってるわけじゃなし、そんなに返済を急《せ》かすつもりはないとも。ないともさ。しかしそっちがそういう態度に出るなら、こっちもそれなりの返礼をするべきだよな？

「利子の分は今夜にでもベッドの上で盛大に返してもらうさ。期待しておけよ」

「なっ……!?」

エルマが顔を赤くしながら驚愕《きょうがく》の表情を見せているが、これはからかってくれた罰だ。容赦はしませんとも。

☆★☆

若干爛《ただ》れた時間を送りつつ、俺達の乗るクリシュナは無事イオメット星系へと到達した。エルマとミミは俺の部屋でダウンしているので、コックピットに居るのは俺とメイだけである。

え？　なんでミミまでって？　うん、まぁ爛れた時間を送ったというのはつまりそういうことだね。察して欲しい。

「イオメット星系ね。この星系には何か面白いところはあったりするのかね？」

「これといった特色のない平凡な星系、という評価ですね。産出する資源にも特に際立った面はありません。ただ、イオメットⅡはフェレクスの母星系ですね」

「フェレクス？」

「身長40㎝から60㎝程のセリアンスロープです」

そう言ってメイがコンソールを操作し、コックピットディスプレイの片隅にフェレクスとやらの姿を映し出す。それは直立するイタチっぽい異星人の姿であった。名前がフェレクスだから、もしかしたらフェレットか何かなのかもしれない。

「ふーん……ということは交易コロニーにはフェレクスが多いのかね？」

「他のコロニーに比べれば多いでしょう。あまり母星から離れたがらない種族なので、母星から遠く離れて旅をする方は稀《まれ》なようです。ですから、他種族との交易のために交易コロニーではそれなりの数のフェレクスが生活しているらしいですね」

「なるほどなぁ……ところでここってグラッカン帝国だよな。フェレクスの扱いってのは帝国ではどうなっているんだ？」

「他のグラッカン帝国臣民と扱いは変わりませんね。イオメット星系がグラッカン帝国に編入されたのは凡《およ》そ二百二十年前のことです。フェレクスはあまり争いを好まない種族で、編入時にもグラッカン帝国との間に戦争などは起こりませんでした」

「ふーん……まぁ、交易コロニーに寄ってみるとするか。土着種族が居るなら他の星系にはない文化的な特色があるかもしれないし」

例えばフェレクス独自のテクノロジー製品とか食物とかね。

それにしてもグラッカン帝国の拡張方針というか、統治方針には少し興味があるな。グラッカン帝国の中枢を担っている種族は人間みたいだけど、フェレクスのような明らかに人間と容姿や文化が異なりそうな種族も他の臣民と同じ扱いにしているという。正しく多民族国家であるということなんだろうけど、それで統治が上手《うま》く行くものなのかね？　そこで貴族制が何かの形で上手く働いているのかな。興味深い。

「承知致しました。交易コロニー、イオメットプライムへのナビを設定します」

「そうしてくれ。超光速ドライブ、チャージ開始」

「はい。チャージ開始します」

コロニーに着いたらミミとエルマを起こして上陸準備だな。何か面白いものがあると良いけど。

☆★☆

「へぇ、思ったより大きいな」

「確かに大きいですね。栄えているんでしょうか？」

俺が起こす前にミミとエルマは二人で起きてきた。どうやら超光速ドライブ起動時の轟音で目を覚ましたらしい。超光速ドライブは起動時にも解除時にもかなり大きな音が鳴るからなぁ。

「イオメットプライムコロニーね。私もここに来るのは初めてだわ」

「へぇ？　フェレクスを見るのも初めてか？」

「そうね。見た覚えはないと思うわ」

「本当に引き籠《こ》もり体質なんだな」

　恒星間航行技術があるのに母星系に籠もって外にあまり出ようとしない種族というのは帝国の傘下に入っている種族の中でもかなり珍しい部類なのだという。それだけに独自の文化を醸成しているのではないか、という期待は高まるな。

「ドッキング申請、通りました。七十二番ハンガーです」

「了解」

　コロニーからのガイドビームに従って七十二番ハンガーへと向かう。

　イオメットプライムコロニーは本当に大きい。今まで見たコロニーの中で一番大きいかもしれない。形も今までにあまり見たことのない形だ。

　今までに見てきたコロニーは自転車のタイヤのような形だったり円筒形だったり球形だったりしたのだが、イオメットプライムコロニーはまるで宇宙空間に浮かぶ城のように見える。平面のプラットフォームに様々な形の構造体が林立しているような形なのだ。

　コロニーの基礎となっている平面のプラットフォームはいくつもの円状のモジュールを連結して作られたもので、拡張する場合にはあの円状のモジュールを新規に作り、新たに連結して行くのだろう。円状のモジュールは上下に一つずつの構造物を建造できるようになっているようだ。拡張性は高そうだな。

「コロニー規模の割に宇宙港の広さはそうでもないな」

「そうですね？　交易船は少なくはないですけど、多くもないです。客船のほうが多いのかな？」

「観光業がメインなのかしら？」

どうにも違和感を覚えるコロニーである。大きい割に港の規模はコロニーの大きさに見合わず、商船よりも客船が多い。

念のためにクリシュナを出たらシールドを起動しておくとしよう。流石《さすが》に危険はないと思うけど。

オートドッキングコンピューターを起動し、クリシュナを自動でハンガーにドッキングさせる。

やはり楽だな。エルマはまた微妙な顔をしてるけど。

「早速上陸するか」

「そうね」

「はい！」

「私は留守番を――」

「いや、メイも一緒に行こう。シールドを起動しておけば問題ないさ」

「承知致しました。お供させて頂きます」

滅多なことはないと思うが、何かあった時のことを考えるとメイが側《そば》にいてくれたほうが何かと安心できる。

え？　何故《なぜ》そんなに慎重というか、臆病《おくびょう》なくらいに警戒しているのかって？

そりゃアレだ。俺だってそろそろ学習するってもんだよ。未知のエイリアン、違和感を覚えるコロニー、そしてそこに上陸する俺達。何も起こらないはずもなく……ってやつだ。こういう時は絶対に何かしらのトラブルに巻き込まれるんだ。

で、降り立ったわけなのだが。

「あれはなんだろう」

「なんでしょうね？」

港湾区画を抜けてすぐに用途不明の建物があった。しかもそれなりに人が集まっているように見える。いや、なんかどっかで見たことあるような……？　首を傾《かし》げながら全員で連れ立って用途不明の建物へと向かう。

建物には扉などは特になく、そのまま中に入れるようになっていた。さして大きな建物ではない。壁には大量のホロディスプレイが設置されているようで、写真や何かの広告のようなものがそれぞれ投影されているようだ。

「……風俗の案内所かな？」

「ちょっと」

「ふーぞく？」

エルマがジト目で俺を睨《にら》みつけ、ミミが首を傾げる。メイは無表情で案内所のホロディスプレイに投影されている情報を読み取っているようだ。

「案内所、ではあるようですね。フェレクスがゲストを接待する飲食店やカフェの情報が掲示されているようです」

「接待」

「はい。性的なものではないようですが」

メイが言うにはフェレクスの店員と一緒に遊んだり、ご飯を食べたり、スキンシップを楽しんだりすることができる店の案内所なのだそうだ。フェレクスの毛皮は非常に手触りが良く、一度フェレクスとのスキンシップを体験してしまうと、人によっては足繁《あししげ》くこのコロニーに通うようになってしまうほど中毒性の高い手触りなのだとか。

「触る麻薬かな?」

「彼らの毛皮や彼らそのものに価値を見出《みいだ》した人々によって過去には誘拐などの痛ましい事件が頻発していたそうです。今は警備体制がしっかりと敷かれたので、そういうことも少なくなったようですが」

「リピーターになるほどの魅惑の手触りねぇ……」

なんとなく怖いしスルーしようかな、などと考えながらミミとエルマに視線を向ける。

「エルマさん、こっちのフェレクスカフェも良さそうですよ」

「内装がお洒落《しゃれ》で良いわね。でもメニューがヒロには軽すぎるんじゃない?」

「量を頼めば大丈夫じゃないでしょうか。食事の評価も悪くないですし」

この二人、完全に行く気満々である。メイも視線は案内板に向いているので、興味があるのかもしれない。ミミはともかく、エルマとメイが興味を持つのはちょっと意外だな。

「行く気なんだな」

「え？　行かないんですか？」

「行かないの？」

「いや、誘拐とかが起こるくらいの魔性の手触りとか聞かされるとちょっと怖くないか？」

「むしろ気になりますね！」

「大袈裟《おおげさ》に考えすぎよ。話が大きくなりすぎてるだけでしょ」

ミミは興味に目を輝かせてそう言い、エルマは心配しすぎだと笑い飛ばした。うーん、この立ち上るフラグ臭。これはもうダメかもわからんね。メイの様子も窺《うかが》ってみるが、無表情で全く読めない。何があってもメイは大丈夫な気がするが、ミミとエルマはなぁ……。

「一応、俺は反対したからな」


二十分後。


「はわぁぁ……ふわふわ」

「ずっと撫《な》でていたい……」

「……」

ミミが蕩《とろ》けるような笑顔で白いフェレクスに頬ずりし、エルマもふにゃりと崩れた表情で焦げ茶色のフェレクスを撫で続け、メイすらも無言で灰色っぽいフェレクスをモフモフしている。ダメだこいつら、もう手遅れだ。

「お客さんはなんというか、普通ですね。私、毛並みには自信があるんですが」

「うん、まぁ良い手触りだと思うよ」

俺の膝《ひざ》の上に座って顔を見上げてくるフェレクスの店員さんの顎《あご》下をコショコショと掻《か》いてやると、店員さんが気持ちよさそうに目を細めた。確かにふわふわで、すべすべで、とても良い手触りだ。こんな手触りの動物――というのは失礼かもしれない――は初めてである。

しかし俺は元の世界で犬を飼っていたこともあるし、知り合いや親戚《しんせき》の飼っている猫を触らせてもらったこともある。珍しいところだとチンチラなんかも触らせてもらったことがある。

チンチラの手触りは素晴らしいものだった。フェレクスの毛皮の手触りはそれを上回るものだろう。だが、他の毛皮――特に生きている状態での色々なモフモフ生物の手触りを知っている俺にとってはミミ達ほどのインパクトを感じるようなものではなかった。ただそれだけの話である。

「慣れてないと夢中になるってのはわからないでもないかな。俺が触った毛皮の中で間違いなく一番の手触りだし」

ミミは勿論《もちろん》、今までの俺の経験から考えるとエルマもこういった毛皮を持つ生き物に触れた経験がないのだろうと思う。コロニーで野良犬や野良猫を見た覚えはないし、ペットショップなんかも見た覚えがない。そもそも、知的種族以外の動物を見た覚えがない。きっと多くの人は毛皮を持つ生物に触れたことが一度もないに違いない。

そんな人々がこのフェレクスの毛皮を一度堪能してしまったら？　人によるだろうが、夢中になってしまってもおかしくはないのかもしれない。こんなに手触りの良い生き物は俺だって初めてだしな。耐性がなければ俺も夢中になっていたかもしれん。

「夢中にならない上にテクニシャン……！」

俺に顎の下をコショコショとされて恍惚《こうこつ》としていたフェレクスの店員さんが愕然《がくぜん》とした視線を向けてくる。何でそんなに悔しそうなのかよくわからないが、こういう自分達の種族の特性を前面に押し出して外貨を獲得しようというフェレクスの生存戦略は大したものだと思う。

やってることがメイドカフェ……いや、猫カフェみたいな形なのはどうかと思うけど。

ちなみに配膳《はいぜん》も彼ら……いや、彼女らか？　とにかくフェレクス達が行う。身長40～50㎝くらいの彼らが頭の上に料理や飲み物の載ったトレイを掲げて歩いてくる様は危なっかしくも愛らしい。これがフェレットじゃなくネコだったら絵面的に色々と危なかったかもしれない。

「ところでお客さん。延長、されます？」

俺の膝の上に座っているフェレクスの店員さんがそう言って各々フェレクスの店員さんをモフり続けているミミ達に視線を向ける。

「ああうん、そうね……とりあえず三十分延長で」

延長料金、一人あたり50エネル。結果的に俺も延長することになるのでしめて200エネルの追加出費である。ああ、飲み物とおやつも追加するのね。もう好きにしたら良いよ。

☆★☆

「はぁぁぁぁぁ……フェレクス、一人くらいお持ち帰りできませんかね？」

「それは……不味《まず》いわよ」

帰り道、とても悩ましげにとんでもないことを言い始めたミミをエルマが苦笑いしながら窘《たしな》める。なんとか窘めたけど、エルマも今ちょっと同調しそうになってたよな？　俺は見逃さないぞ。メイはずっと無言で何かを考え込んでいるような様子である。

「メイはどうしたんだ？　考え事か？」

「収集したフェレクスの手触りのデータを解析中です」

「……そんなデータを解析してどうするんだ？」

「人に快感や幸福感を与えるあらゆるデータは収集対象なのです」

「ああ、そう……」

そのうちオリエント・インダストリーからフェレクス型の愛玩《あいがん》用アンドロイドとか、フェレクスの毛皮と同等の手触りの獣耳でも生えたメイドロイドでも出てくるんだろうか？

そんなことを考えながらクリシュナへと辿《たど》り着《つ》いた俺は、未《いま》だに夢見心地なミミ達を横目で見ながら小型情報端末を操作して展開していたシールドを解除した。このままだと数日間はこのコロニーに滞在することになりそうだ。

「……？」

不意にエルマが真顔に戻り、辺りを見回した。

「どうした？」

「いえ、誰かに見られていたような気がしたんだけど……気のせいかしら」

「えぇ……？」

俺も辺りを見回してみるが、こちらを監視しているような奴《やつ》は居ないように思える。メイにも視線を向けてみたが、彼女も首を横に振った。メイも発見できなかったらしい。

「フェレクスにすっかり骨抜きにされて勘が鈍ったんじゃないか？」

「べ、別に骨抜きになんかされてないし……」

俺の目を見て言え。思いっきり目が泳いでるんだよなぁ。

「明日も色々回ってみましょうね、ヒロ様」

「お、おう……」

ミミが目をキラキラさせているが、俺はあまりフェレクスには興味がないんだよなぁ……。


翌日、ミミとエルマは意気揚々とフェレクスとの触れ合いを堪能できるスポットへと出かけていった。俺は別にフェレクスに魅惑されてはいないので、パスである。

「メイも一緒に行って良かったんだぞ？」

「データ収集は概《おおむ》ね終わりましたので」

「そっか。じゃあ今日は二人でデートだな。デートプランも何もないけど」

「デートですか。良いですね」

メイはそう言いながらも無表情だが、まぁそれが彼女のデフォルトなので気にしても仕方がない。なんとなくだが、雰囲気や声のトーン的には喜んでくれているような気がするからよしとしよう。

「どちらに向かっているのですか？」

「いや、ここってコロニーの規模の割には港の規模も商業区画の規模も大きくないだろう？　他の区画は何の区画なのかと思ってな」

「なるほど。案内図にもデータは特に有りませんね」

メイが虚空に視線を走らせながらそう言う。恐らくコロニーの公共ネットワークにアクセスして情報を獲得したのだろう。俺達は案内図に記載されていない区画に向かっているわけだが、特に立入禁止などの表示もない。つまり、無表記区画に向かうこと自体は犯罪行為ではないということだと思う。

「念のため不法行為に当たらないかどうかだけチェックしておいてくれ」

「今、調べました。特に罰則規定などには抵触しないようです」

「流石《さすが》メイ、仕事が早いな」

「恐れ入ります」

実に有能だ。正直有能すぎて怖いくらいだが、そんな彼女を俺がこれから使いこなしていかなきゃならないわけだからな。指揮官として、俺も成長していかなきゃならないだろう。いくらメイが有能でも、指示を出す俺が彼女の能力を十全に発揮させてやらなければ彼女の高い能力も宝の持ち腐れになってしまうんだからな。

「しかし通路が長いな」

「モジュール間の連結通路ですから。船から見るとさして大きく見えなかったかもしれませんが、実際にはかなり大きな構造物ですね」

珍しいことにこのコロニーにはモジュール間の高速移動手段が無いんだよな。大体動く通路なり、移動用のカートなり、物資配送システムを利用したカプセルトレインなんかがあるものなんだが。

「高速移動手段がないと住人も不便そうだけど……そういや住人と全然出会わないな」

「壁の中に何かあります。恐らく、物資配送システムかと」

「じゃあ、住人は物資配送システムを使って移動してるのか」

「恐らくは。フェレクスは身体《からだ》も小さいので」

フェレクスの身長は小柄な者だと30㎝、大柄な者でも50㎝少々といったところだから、物資配送システムにそのまま乗り込める大きさだな。

それから少し歩くと、メイが俺の服の裾《すそ》を掴《つか》んで立ち止まった。

「ご主人様、対人センサーが設置されています。あと５ｍ進むと探知範囲です。無効化致しますか？」

「いや、このまま進もう。下手《へた》に無効化すると不必要に警戒されるかもしれないし。後ろ暗いことをしてるわけでもないし、堂々と行けばいいさ」

「承知致しました」

致死性の罠《わな》なんかがあればメイが警告してくれるだろうから、まぁ問題あるまい。そもそも、無警告でそんなものが起動するとも思えないけど。

対人センサーを気にも留めずにまた少し歩くと、前方から何かが接近してくるのが見えてきた。戦闘ボットだろうか？　どうやらこちらに向かって駆けてきているのは四足歩行する獣型の機械のように見える。数は二機だ。全身が白い金属質で、遠目には機械の狐《きつね》か何かのように見える。

「なんだありゃ？」

「見たことのないタイプのマシンですね。あまり大きくはありませんが、敏捷《びんしょう》性は高そうです」

とりあえずあちらから近寄ってきているようなので、メイと二人で足を止めて獣型ロボットの到着を待つことにする。うーん、見るからに機械なんだけど動きが物凄《ものすご》い自然だな。

「武装らしきものがついてるように見えるな」

「そうですね。恐らくはレーザーガン相当の武装かと思います」

この通路は一直線で、遮蔽《しゃへい》物が何一つ存在しない。もしレーザーガンでの撃ち合いになったら生身の俺達のほうが圧倒的に不利だな。相手は機械だから、俺達よりも確実に防御力は上だろう。メイならなんとかするかもしれないけど。

『はろー、訪問者。この先はフェレクスの居住区だ。訪問者にとっては特に面白い場所でもないけれど、何の用かな？』

二体のうちの一体が俺達の前に進み出てきてそう問いかけてきた。若干の警戒は感じるが、あまり剣呑《けんのん》な様子ではないな。

「やっぱり居住区なのか。特に何か用があるわけじゃない。適当にぶらついてて、案内図に記されていない区画に何があるのか興味本位で足を向けただけだ。１００％好奇心だな」

『好奇心ね。ＩＤを提示してもらっても？』

もう一体がＩＤの提示を求めてくる。こっちは少し事務的というか、真面目《まじめ》な雰囲気だ。

「別に疚《やま》しいことはないからそりゃ構わんけど。一体あんたらは何者で、何の権限があってＩＤの提示を求めてきているんだ？」

俺からの当然の質問に二体の機械の獣は互いに顔を見合わせ、互いの姿をたっぷり十秒ほど確認し合った後に、何やら慌てて白い金属質の装甲の色を目まぐるしく変化させた。真っ赤《まか》になったり、赤い十字型のマークを体表に浮かび上がらせたりした末に、白と黒のツートンカラーに落ち着いた。なんとなくパトカーっぽい印象を受ける。

『大変失礼。我々はイオメットプライムコロニーのフェレクス居住区セキュリティです。セキュリティ権限に基づき、ＩＤの提示を求めます』

『滅多にこいつを使わないからセキュリティカラーに設定するのを忘れてた。ごめんね』

そう言って二体の機械の獣はペタンと耳を伏せた。地味に芸が細かいな。

☆★☆

「窮屈だったでしょう？　基本的にこっちの区画には僕達以外は用がないから、移動用ポッドが僕達基準なんだよね」

「まぁ、なんとか大丈夫だったから」

「はい。問題ありません」

　十分後、俺とメイはフェレクス達の居住区へと足を踏み入れていた。フェレクスが複数人同時に乗り込むことができる一番大きな移動用ポッドを用意してもらい、ここまで乗ってきたのだ。それでもポッド一つあたりに一人乗るのが限界な大きさだった。かなり窮屈だったな。

「しかし凄《すご》いな、これは」

「はい。巨大な樹木ですね」

　フェレクス達の居住区には滅茶苦茶《めちゃくちゃ》にデカい木が生えていた。少なくとも、地球上にはこんなに巨大な樹木は存在しないと思う。あちこちに葉っぱの生えた枝が確認できるから樹木なのだと認識できているが、そうでなかったらこれが何なのか俺には判別できなかったかもしれない。一体高さ何メートルあるんだろうか？

「あれが僕達の住処《すみか》さ。あの巨大なドラージェの木に樹洞を掘って生活してるんだよ」

　背中にランドセルのようなものを背負い、極小サイズのライフルのようなものを手に持ったフェレクスが俺の足元でそう言って巨大な木――ドラージェの木を見上げる。

　彼の背負っているランドセルのようなものは俺のレーザーガンに使うのと同じエネルギーパックを装着できるバックパックで、そのバックパックから彼が手に持つライフルにケーブルのようなものが接続されている。あれがフェレクス用のレーザーガンであるらしい。

「このような物々しい格好で申し訳ない。これも規則なので」

もう一人のフェレクスも同じ装備をしている。彼らは俺達を出迎えた獣型の機械に搭乗していたセキュリティスタッフ達だ。どうやらあの狐のような外観をした四足歩行獣型の機械は彼らが独自に開発した戦闘車両のようなものであるらしい。

「いや、気にしないでくれ。警戒するのはよくわかるから」

フェレクスの体長は40~50㎝ほどしかない。彼らにとって、身長175㎝以上ある俺のような普通の人間はただそれだけで脅威なのだ。素早さではもしかしたら彼らのほうが上かもしれないが、体重と骨格の頑丈さは比べるのも悲しくなるような絶対的な差がある。

俺やメイが少し速めに振るった手が直撃するだけで彼らは重傷を負いかねないし、踏みつけたり、捕まえて強く握り込んだりするだけで彼らは圧死してしまうのだ。そのような存在を警戒するのは至極当たり前のことであろう。俺達からすれば身長6mとか7mの巨人を相手にするようなものなのだから。

「生活雑貨を取り扱う店とかそういうのはないのか?」

「僕達の生活に必要な施設は全《すべ》てドラージェの木の中にあるんだよ。各々の住居だけじゃなく、食料の生産施設や商業施設から何から何まで全部ね。当然、君達人間の入り込めるような大きさじゃない」

「なるほど……それで俺達みたいな人間にとっては面白い場所じゃないってわけか」

「そういうことだね」

ドラージェの木の根本近くには直径50㎝程の穴がいくつか空いているのだが、確かにあれでは俺やメイが中に入っていくのは困難だろう。

「でもまぁ、このデカい木を見られただけでも来た甲斐《かい》はあったかな」

「そうですか？」

「この木……ドラージェの木に人間が入れるサイズの通路を作って、フェレクスの生活を擬似体験したり、フェレクスの生活の様子を知ったりできる施設があったらもっと良かったな」

「なるほど。訪問者からの意見として上に上げておきます」

二人のフェレクスセキュリティスタッフのうち一人は真面目だな。もう一人はのんびり屋さんというか、かなりゆるい感じだけど。

「あまり邪魔するのも良くないな。これで戻らせてもらうよ」

ドラージェの木のあちこちに空いた穴からフェレクス達が顔を覗《のぞ》かせてこちらの様子を窺《うかが》っているのはなんとなく微笑《ほほえ》ましい光景だが、別に彼らの安寧を脅かしたいわけじゃないからな。とっとと退散するのが良いだろう。

「ん？」

その時、ポケットの中の小型情報端末が震えた。どうやらメッセージを受信したらしい。

「エルマ様ですか？」

「そうみたいだ。客人だって……？」

はて？　客人とはどういうことだろうか。

☆★☆

船まで戻ると、ミミとエルマだけでなくそこには件《くだん》の『客人』も待っていた。

「彼が客人か？」

「ええ、そうなんだけど……」

俺とエルマの視線の先に居るのは一人のフェレクスであった。草臥《くたび》れたトレンチコートのようなものを身に纏《まと》い、更にこれまた草臥れたフェドーラ帽のようなものを被《かぶ》っている。なんだか妙に目に力があるというか、鋭い目つきの人物だ。彼の隣には彼の身体よりも大きなアタッシュケースのようなものが浮いている。恐らくグラビティスフィアと同じ空間固定技術を用いた収納容器なのだろう。

「初めてだよな？」

「勿論《もちろん》そうだ。俺はキーツ、しがない運び屋だ」

キーツと名乗ったフェレクスがそう言って小さな手を差し出してきたので、俺はしゃがんで彼と視線の高さを合わせ、その小さな手を親指と人差し指で摘《つま》むように握って上下に振った。向こうから挨拶《あいさつ》して握手を求めてきたなら、それに応《こた》えるのが礼儀というものだろう。

「俺はヒロ。この船、クリシュナのキャプテンであり、オーナーでもある。あんたをここに連れてきたミミとエルマの上司ってわけだな。こっちはメイドロイドのメイだ」

「よしなに」

俺から紹介されたメイが優雅なカーテシーでキーツに挨拶をする。

「それで、運び屋のキーツだったな。一体何の用だ？」

「俺とこの荷物を隣のミレイ星系にあるミレイセカンダスコロニーに運んで欲しい」

そう言ってキーツは自分の隣に浮かんでいるアタッシュケースをその小さな手でテシテシと叩《たた》いた。そんな彼に俺は背後にあるクリシュナを親指で指しながら口を開く。

「俺の船が客船に見えるか？」

「いいや。だが、俺とこいつを運ぶくらいは朝飯前のように思えるな」

しゃがんだままキーツと視線を合わせ、暫《しばら》く見つめ合う。うーん、顔がモロにイタチっぽいから表情の変化が全くわからん。人の目を見てそいつが嘘《うそ》を吐《つ》いているかどうか、あるいは何かを企《たくら》んでいるかどうかを判別するような便利スキルは残念ながら俺には備わっていないので、そういうのはアウトソーシングするしかない。

「傭兵《ようへい》ギルドを通してくれ」

というか、何故《なぜ》わざわざ俺達にそんな話を持ってくるんだ？　隣の星系のコロニーなら俺達みたいな傭兵でなくとも、普通の客船や商船に依頼すれば良いだろうに。わざわざ俺達に直接接触してくる辺り、怪しいんだよなぁ。

「それじゃわざわざお前さん達に直接接触した甲斐がないだろう？　何、特等席を用意しろとは言わんさ。カーゴスペースの片隅にでも置いてくれればいい」

「イリーガルな品を運ぶつもりはないんだが？」

「別にイリーガルな品じゃないさ、至って合法な品だよ。少々外聞は悪いがね」

「外聞が悪い？」

「少々ね。それよりも、ここで話をしているのは目立つ。中で話をしないか？」

キーツはそう言ってチラリとクリシュナへと視線を向けた。俺はそれを無視し、エルマとミミに視線を向ける。

「……ごめん」

「……ごめんなさい」

二人は俺の視線を受けて素直に頭を下げて謝罪の言葉を口にした。今回は完全に二人が厄介事を持ち込んできた形だ。

「反省してるなら良いけどな。今後気をつけてくれ」

小型情報端末を操作し、クリシュナのシールドを解除する。キーツの依頼を受諾するかしないかを決めるのはとりあえず詳しい話を聞いてからでも良いだろう。

「ああ、まったくお前さん達トールマンの作るものってのはなんでもデカくて不便だな」

「……わぁ」

「……かわいい」

なんとか食堂のスツールをよじ登り、その上に立ってテーブルの上に肩から上だけを出しているキーツを見てミミが両手で口元を押さえて感極まったような声を上げ、エルマが口元をヒクつかせながら本音を漏らす。それをやっているキーツの声そのものは渋いおっさんみたいな感じなんだけどな。

それにしてもこの二人、もしやキーツの可愛《かわい》らしさに絆《ほだ》されて俺に話を通すことを了承したんじゃあるまいな？　後で問い詰めておくか。

それにしても『背の高い人《トールマン》』ね。まぁ確かに、フェレクスにしてみれば異星人は概《おおむ》ねトールマンだろうな。

「で？　イリーガルな品じゃないって？　なら中身は何だ？」

「それはちょっと言えないな。だが皇帝陛下に誓ってイリーガルな品じゃないことは約束する」

「皇帝陛下に誓って、ねぇ……？」

その言い回しがどれくらいの覚悟というか、信頼性を担保するものなのか帝国臣民じゃない俺にはいまいちピンとこない。そんな俺の様子を察したのか、エルマが咳払《せきばら》いをして表情を正す。

「皇帝陛下に誓ってとまで言うからには、もしその言葉を違《たが》えた場合はわかってるわね？」

「勿論だ。煮るなり焼くなり、毛皮を剥《は》いで売っぱらうなり好きにすると良い」

毛皮を剥いで売っぱらえってのはフェレクスジョークなのだろうか？

「……報酬は？」

「5000エネルだ」

「端金《はしたがね》だな。リスクに見合うとは到底思えない。雑魚《ざこ》宙賊を一隻スペースデブリにしたほうがまだマシだ。何より、敢《あ》えてうちの船を狙《ねら》った上で傭兵ギルドを通そうとしないのが気に入らない。そのくせ品はイリーガルじゃないとのたまいやがる。イリーガルじゃないってんなら何故堂々と客船を使わない？」

「トラブルを避けるためさ。少なくとも、この船を使えば同胞と鉢合わせることはない。そうだろう？　俺の目的はそれだ」

そう言ってキーツは俺に見えるように宙に浮かぶアタッシュケースをテシテシと叩いた。

「さっきも言ったが、こいつは合法的な品だが外聞の悪い品なんだよ。特に、俺達の身内にとってはね」

「……あっ」

キーツの言葉を聞いたミミが小さく声を上げた。全員の視線がミミに集まる。

「その、もしかして、なんですけど……その中身って、フェレクスの毛皮だったりしませんか？」

ミミの指摘にキーツが目を細める。

「こいつは驚いた。お嬢さんは勘が良いな。もしかしたら何か同胞に聞いたのか？」

「はい、昔は誘拐だけじゃなくて毛皮目当てで殺されて皮を剥がれた人もいたって」

「……おい」

キーツを睨《にら》みつけてやると、彼は大袈裟《おおげさ》に肩を竦《すく》めてみせた。

「まさか。同胞にそんなことをするわけがないだろう？　こいつはどこまでも合法的な品だ。俺達フェレクスは弱い。色々な意味でな。命懸けでトールマン相手に接客して金を稼ぐことのできるような勇気のある奴《やつ》はそう多くないんだよ。殆《ほとん》どのフェレクスはトールマンを恐れてドラージェの木の洞穴の中に引っ込んで静かに生きているのさ。だが、それじゃあいずれ行き詰まる奴も出てくる。一本のドラージェの木が養える同胞の数ってのは決まっているからな」

キーツの小さな手が再び宙に浮かぶアタッシュケースを叩く。

「で、こいつはそんな行き詰まった奴らの末路さ。だが、少なくともその犠牲によってこいつらの家族は救われるわけだ。俺達は最期の面倒を見て、少しばかりの対価を得ている。同胞達には忌み嫌われてるがね」

思ったよりも大分重い話が飛び出てきたな。だけど、俺達にできることは何もない。何もだ。せいぜい俺達にできることと言えば、キーツの思惑通りに彼をお隣のミレイ星系に運ぶことくらいだろう。

「そうやって俺達の情に訴えようってわけか？」

「まさに。実際のところ、俺があんた達を説得できる武器なんてそれくらいしかないようなんでね」

そう言って神妙な様子で頷《うなず》くキーツから視線を外し、ミミとエルマに視線を向ける。

ミミは……あの目は明らかに『どうにかしてあげられませんか？』って感じの目だな。エルマも意外なことにミミと同じく『何とかしてあげて』という顔をしている。どうしたんだ君達。何かキーツに借りでも作ったのかね？

「メイ、旅程に問題は？」

「ミレイ星系であれば通り道です。ミレイセカンダスコロニーのトラフィックデータを参照しましたが、何か不慮の事故でも発生しない限りはタイムロスも一時間以内に収まるかと」

「誤差範囲内か」

この依頼を受ける理由もないが、断る理由もない。リスクに関してはメイをつけておけば問題はないだろう。メイの性能を考えれば、メイの目を掻《か》い潜《くぐ》ってキーツが何か妙なことをしようとしたとしても、実行は非常に困難な筈《はず》だ。

「……メイを監視につけさせてもらうからな」

なら、受けてしまっても良いだろう。リスクは低く、リターンはある。何よりミミとエルマが乗り気だ。その真意は定かではないが、わざわざ聞《き》き穿《ほじ》るようなことでもない。

「専属メイドをつけてもらえるなんて望外の高待遇だな」

小さな牙《きば》を見せつけるようにシニカルな笑みを浮かべ、キーツはそう言って小さな肩を竦めてみせた。どうにもやりづらいイタチ野郎だな、まったく。

☆★☆

クリシュナに存在する居住用の船室は三つだけだ。一つは俺が使っている一人部屋の船長室。もう二つはミミとエルマがそれぞれ一部屋使っている本来二人部屋の乗員用の船室だ。現状、メイ専用の船室すらない状態で、メイはカーゴスペースの一角に設置されたメンテナンスポッドとその周辺を私室のように使ってもらっている状態である。

何が言いたいかと言うと、キーツが滞在する船室が今のクリシュナには存在しないのである。俺の部屋にあのイタチ野郎を招くのは御免だし、ミミやエルマの部屋に滞在させるのも俺としては許可できない。

「というわけで、お前の客室はここだ」

「客室の豪華さに感激の涙が出てきそうだ」

寒々しい雰囲気のカーゴスペースにキーツの声が響く。今は略奪品の類は何も積んでいないから、カーゴスペースは実に広々としていた。キーツに割り当てられたのはその広々としたカーゴスペースの一角、メイのメンテナンスポッドのすぐ近くに設置された一抱えほどの大きさの金属製の空きコンテナである。

「高級フードカートリッジの箱だからな。普通のフードカートリッジ箱の二倍から三倍くらい豪華な客室だぞ」

「頑丈な金属製で俺でも開け閉めできる蓋《ふたつ》付きなのは良いが、流石《さすが》に冷たい金属の上で寝るのは御免被りたいんだがね」

「そこは抜かりないさ。メイ」

「はい」

メイが手に持っていた薄手の毛布を畳んでフードカートリッジのコンテナに敷き詰める。これで寝床の完成だ。

「問題はトイレと風呂《ふろ》だな」

「トイレは大丈夫だ。携帯式のを用意してきてるんでな。ただ、船を降りる時に中身を船のトイレに捨てさせてもらいたいが」

「お任せください」

メイがそう言って頷く。メイがそう言うなら任せようかな、うん。ありがとう、メイ。

「風呂はどうする？」

「シャワーだけ使わせてくれ。トールマン基準の風呂に入ったら溺死《できし》する」

確かに泡がブクブク出るし、そうすると浮かび上がれないだろうから溺死するかもしれんな。流石にそれはこちらとしても困る。キーツが溺死した風呂とかなんとなく使いたくなくなるし。

「了解。何かあったらメイに言ってくれ。メイの同伴があれば船員の私室とコックピット、それに武器庫、ジェネレータールーム以外は出入り自由だ」

「わかった。のんびりさせてもらう」

そう言いながら高級フードカートリッジのコンテナに潜り込んでいくキーツを見届け、最後にメイに目配せをしてから俺はコックピットへと戻った。

「出港準備は？」

「船体のチェックはＯＫよ。ミミ？　そっちはどう？」

「あ、はい。申請は出しました。キーツさんの出港申請も大丈夫そうです」

「一応自由移動権に関してては正規のライセンスを持ってるってわけだ」

「一応というか、立場上は真っ当な交易商人だからね」

「真っ当ねぇ……」

あの話しぶりだと本当に真っ当な連中なのかどうかわからんけどな。キーツも単独の運び屋、というか貿易商ってわけじゃなさそうだし。何らかの組織の存在を匂わせる話しぶりだった。

「あの……」

ミミがおずおずとした様子で声をかけてくる。キーツという厄介事を持ち込んだことに対する謝罪だろうか？

「別にキーツの件については今後気をつけてくれれば大丈夫だぞ？」

「いえ、そうではなく……いえ、それはそれで本当にごめんなさいなんですけど、そうじゃなくて」

「そうじゃなくて？」

キーツの件でないとすれば何だろうか？　俺が一緒に行動していないうちにもっとデカい厄介事を抱えたとか？　それなら相談に乗ることは吝《やぶさ》かでないけど。

「あの、フェレクスの件ってどうにかすることはできない……ですよね？」

「そりゃどうにもならんて。俺達はちょいと小金持ってだけのただの傭兵《ようへい》だぞ？」

「……ですよね」

俺の答えを聞いてミミがしょんぼりと肩を落とす。一介の傭兵である俺達がフェレクスの境遇をなんとかしようなんてのは烏滸《おこ》がましいにも程がある話だ。俺達はフェレクスの問題の全体像を把握していわけではないし、そもそもフェレクスの問題はフェレクス自身で解決すべきものだろう。

フェレクスが可哀想《かわいそう》だから、なんて理由で手を差し伸べるのはフェレクス達の問題を解決するどころか、かえって問題を悪化させかねない。種族や社会全体に亘《わた》る問題を一発で解決する銀の弾丸なんてものはそうそう存在しないものだ。

「将来的にミミが自分のライフワークとしてフェレクスに関わっていきたいって言うならそれも良いと思うけどな。ただ、今はこんなこともあったと覚えておくだけでも良いと思うぞ。これから先、こういった話にはきっと事欠かないだろうからな」

「そうね。帝国には人間とエルフ、それにフェレクスだけでなくもっと多くの種族が住んでいるわ。どの種族も大なり小なり問題は抱えているものよ。種族って枠だけじゃなく、コロニー単位でもね。ミミだってそれはよく知ってるでしょう?」

「そう、ですね……」

ミミ自身もターメーンプライムコロニーの行政の闇《やみ》に呑《の》まれて人生を台無しにされかけていたのだ。本当に、こんな話は帝国に限らず銀河中のどこにでも転がっている話なのだろう。

「さぁ、気分を切り替えて行こう。今までの経験上、こういう時はトラブルが続くものだからな」

「そうね」

「そうですね」

☆★☆

旅路は実に静かで平穏なものだった。特に何の妨害などもなくミレイ星系へのハイパーレーンへの突入に成功したのだ。一度ハイパーレーンに突入してしまえば、少なくとも隣の星系に到着するまでは他の船から何かを仕掛けられることはない。

「オラー、メシの時間だぞ」

というわけで、俺はメイとキーツが居るカーゴスペースへと足を運んでいた。ハイパードライブ中は基本的にオートパイロットでの運行になるので、交代で休憩を取るのだ。今回のハイパードライブは十四時間ほどかかる見込みなので、まずはメイにコックピットに詰めてもらって食事を取り、その後は俺とミミとエルマで交代でコックピットに詰める予定であった。

「うん？　食事を出してくれるのか？」

「そらメシくらい出すさ。報酬に込みってことでいいぞ」

「そいつはどうも。傭兵の食事ってのに実は少し興味があったんだ」

そう言うキーツとメイを連れてカーゴスペースから食堂に移動すると、既にミミが食堂で待っていた。

「メイ、すまないけどコックピットのエルマと交代してきてくれ」

「承知致しました」

「今日のメニューは、っと」

我が艦が誇るメインシェフ、テツジン・フィフスを操作して俺とミミ、エルマの分のランチメニューを注文しておく。

「フェレクスってどんなものを食うんだ？」

「基本的にはタンパク質系の食事だな。炭水化物も多少は取るが、タンパク質や脂質がメインだ」

「ほーん。じゃあ人造肉系の食事が良いのかね。食ったらまずいものとかは？」

「標準規格を満たしているフードカートリッジなら大丈夫だ」

テツジン・フィフスのコンソールを操作してフェレクス用のメニューがないか探してみると、意外なことにフェレクス対応メニューがあった。それを注文しておくことにする。

「……傭兵ってのは意外と優雅な生活をしているんだな」

爪楊枝《つまようじ》に刺した人造肉のステーキを手にしながら、キーッが若干呆《あき》れたような声でそう言う。俺達クリシュナのクルーの前に並んでいるメニューはいずれも高性能調理器であるテツジン・フィフスが作り出した豪華なメニューだ。少なくとも、見た目は。実態はちょっと質の良いフードカートリッジと人造肉を使った『モドキ』メニューだが。

「よそは知らん。うちはこうだ」

今日もテツジンの作るメシは美味《うま》い。あのフードカートリッジから何故《なぜ》こんな美味い料理が作れるのか？　実はこの世界で一番不思議な機械はテツジン・フィフスなのかもしれない。

「俺にトールマン基準の内装の良し悪しはわからんが、内装も想像よりもずっと整っているように見える」

「そうですか？　えへへ……クリシュナの内装は私とヒロ様が二人で整えたんです」

褒められたミミが嬉《うれ》しそうにくねくねする。うん、可愛《かわい》いけどフォークに食べ物を突き刺したまくねくねするのはやめようね。ソースが服についたら大変だぞ。

「この船を一般的な傭兵の船とは思わないほうが良いわよ。多分、大部分の傭兵の船はあんたの思ってる通りだから」

エルマが言うには大部分の傭兵は硬派を気取って内装には金をかけずに荒《すさ》んだ生活を送っているらしい。揃《そろ》いも揃ってドMなのかな？

「そうなのか？　他でもないこの船のクルーが言うならそうなんだろうな」

小首を傾《かし》げてから納得したように頷き、キーツが爪楊枝に刺さった人造肉のステーキに齧《かじ》り付く。

「……今まで俺が食ってきた人造肉は一体何だったんだ」

人造肉のステーキを食べたキーツがそう呟《つぶや》いて呆然《ぼうぜん》としているのが印象的だった。本当に同じフードカートリッジや人造肉を使っているのかと疑いたくなるほどテツジン・フィフスの料理は美味いからな。

「ちなみにあのテツジン・フィフスのお値段は……いくらだっけ？　５万はしなかったよな？」

「えっと、確か希望小売価格が４万８０００エネルだったと思います」

「高すぎるだろう……傭兵ってのは本当に羽振りが良いんだな」

俺達の会話を聞いてキーッはさらに呆れた様子だが、食事のペースは早かった。自分の分を早々に食い終わってソワソワしていたので、おかわり自由だぞと言ったら嬉々《きき》としておかわりを注文していた。うん、でもおかわりは程々にしておけよ。食いすぎてひっくり返ってもこの船には俺達用の簡易医療ポッドしかないからな。フェレクスにも対応してるかどうか俺は知らんぞ。

☆★☆

調子に乗って食いすぎたキーッが寝込むというハプニングがあったが、キーッとキーッの荷物の輸送そのものは無事に終わった。いつものパターンだと更に何か厄介事が舞い込んでくるんじゃないかと警戒していたのだが、どうやら今回ばかりは杞憂《きゆう》であったようである。

「世話になった」

「本当にな」

俺の返答にキーッはキシシと掠《かす》れるような声を上げた。どうやら笑ったらしい。こいつ、本当に食いすぎでひっくり返りやがったからな。まぁ、そのせいでずっとコンテナの中で寝てたから逆に色々と手間はかからなかったんだが。

「帰りの面倒までは見ないからな」

「ああ、適当に商船でも捕まえて帰るさ。商談も纏《まと》めなきゃならんから、暫《しばら》くはこのコロニーに留《とど》まることになるがね」

そう言ってキーツは宙に浮かぶ自分よりも大きなアタッシュケースを小さな手でテシテシと叩《たた》いた。こんなんで置き引きにあったりしないのか心配なんだが、まぁきっとこのアタッシュケースにも何かしらの保安機構があるのだろう。

「キーツさん、頑張ってくださいね」

「達者でね」

「ご健勝をお祈り申し上げます」

「ああ、お嬢さん方もな」

キーツが小さな身体《からだ》を翻し、自分の身体よりも大きなアタッシュケースを引き連れて港湾区の雑踏の中へと消えていく。

「さて……停泊料を取られる前にさっさと俺らは俺らの旅路に戻るとするか」

「はい！」

「そうね」

「はい、ご主人様」

ミミ達を先にクリシュナへと乗り込ませ、俺は一番最後にタラップを登る。そして、クリシュナに乗り込む前にもう一度だけミレイセカンダスコロニーの雑踏へと視線を向けた。

この広い銀河で再びキーツと顔を合わせることがあるかどうかはわからない。普通に考えれば二度と顔を合わせることがない可能性のほうが高いだろう。

「ヒロ様？」

「ああ、今行く」

何にせよ、今は別の道を行くことになる。再度キーツと相見《あいまみ》えるかどうかは神のみぞ知るってわけだな。

「早くしないと停泊料とられちゃいますよー」

「あー、はいはい。押すな押すな」

俺の背後に回り込んでぐいぐいと俺の背中を押し始めたミミに逆らわないでクリシュナへと乗り込む。自分でも言った通り、今は俺達の旅路に戻るとしよう。

目指すはブラド星系。そして母艦の購入だ。

あとがき

『目覚めたら最強装備と宇宙船持ちだったので、一戸建て目指して傭兵《ようへい》として自由に生きたい』の四巻を手に取っていただきありがとうございます！　リュートです！

ミミとエルマが可愛《かわい》いコミックス二巻も発売中です！　買ってね！（ダイレクトマーケティング）

作者の近況はサラッと流していきましょう。

特に大きな病気もなく、日々穏やかに過ごしております。魔剤は一日一本まで。過剰摂取《オーバードーズ》ダメ、絶対。あと最近コ○トコに行きまして、デーツ（ナツメヤシの実）のドライフルーツにハマりました。干し柿にとてもよく似た味で美味《おい》しいです。そして干し柿よりも安い。ジェネリック干し柿。

このあとがきを書いている今は秋口なのですが、寒くなってきたのかお犬様は私が仕事中だろうとなんだろうと関係なく膝《ひざ》の上を占拠していらっしゃいます。降りて。

さぁ、小説の話と参りましょう。今回は貴族のゴタゴタ編パートⅡ！　書き下ろし多めでお送りしております。セレナ少佐の出番が増えたり、戦闘成分を増量したりしています。あと完全書き下ろしの#ＥＸもボリューム多めです。あとがきから先に読む人もいるらしいのでネタバレをしていくスタイル。さぁ、本編も読んでね！

では恒例の本編ではあまり詳細に語られない、ちょっとした設定コーナーに行きましょう。

今回はこの世界における食事情というかフードカートリッジと自動調理器の普及について。

この世界では殆《ほとん》どどんな場所でもフードカートリッジと自動調理器を用いた合成食品が食べられています。食材を調理して作られる『通常食』は一部のお金持ちだけが楽しむ高級品となっており、人によっては一生に一度も『通常食』を口にしない人もいるほどです。

こうなった経緯は色々とあるのですが、一番大きな要因は初期のハイパードライブを利用した恒星間航行には非常に長い時間がかかったという点です。場合によっては一年近い期間を船の中で過ごすことになったため、できるだけ積荷を少なく、かつ飽きずに色々な食事を楽しめるように長い試行錯誤を重ねた結果、動物性プランクトンや藻、香草等をブレンドして作るフードカートリッジと、そのフードカートリッジからほぼどんな料理でも作り出せてしまう自動調理器が開発されたわけですね。

フードカートリッジと自動調理器はその利便性から星の海を駆ける船乗り達だけでなく宇宙空間に建造されたコロニーで生活する人々や、他の居住可能惑星に移住した人々の間でも盛んに利用されることになり、徐々に『通常食』を駆逐していった、というわけです。

その他にもフードカートリッジの原料となる藻や動物性プランクトン、それに香草などが宇宙空間に建設されたコロニーでも比較的容易に生産することができた、居住可能惑星上に存在するそのまでは食用に向かない植物や生物をフードカートリッジの原料とすることができる技術が開発された、というのもフードカートリッジと自動調理器の普及を加速させることになりました。

自動調理器市場は最新技術と最新技術がぶつかりあう熾烈《しれつ》な戦場であり、企業間の競争意識は非常に高く、産業スパイが跋扈《ばっこ》し、場合によってはレーザー《殺人光線》まで飛び交います。コワイ！


さて、今回はこの辺りで失礼させていただきます。

担当のKさん、イラストを担当してくださった鍋島《なべしま》テツヒロさん、本巻の発行に関わってくださった皆様、そして何より本巻を手に取ってくださった読者の皆様に厚く御礼申し上げます。

次は五巻で会いましょう！　会えると良いな！　では！

リュート

カドカワBOOKS

目覚《めざ》めたら最強装備《さいきょうそうび》と宇宙船《うちゅうせん》持《も》ちだったので、
一戸建《いっこだ》て目指《めざ》して傭兵《ようへい》として自由《じゆう》に生《い》きたい 4

2020年12月10日　初版発行
2021年9月5日　3版発行

著者／リュート

発行者／青柳昌行

発行／株式会社KADOKAWA

〒102-8177
東京都千代田区富士見2-13-3
電話／0570-002-301（ナビダイヤル）

編集／カドカワBOOKS編集部

印刷所／大日本印刷

製本所／大日本印刷

●お問い合わせ
https://www.kadokawa.co.jp/（「お問い合わせ」へお進みください）
※内容によっては、お答えできない場合があります。
※サポートは日本国内のみとさせていただきます。
※Japanese text only

Printed in Japan
ISBN 978-4-04-073893-2 C0093

新文芸宣言

かつて「知」と「美」は特権階級の所有物でした。

15世紀、グーテンベルクが発明した活版印刷技術は、特権階級から「知」と「美」を解放し、ルネサンスや宗教改革を導きました。市民革命や産業革命も、大衆に「知」と「美」が広まらなければ起こりえませんでした。人間は、本を読むことにより、自由と平等を獲得していったのです。

21世紀、インターネット技術により、第二の「知」と「美」の解放が起こりました。一部の選ばれた才能を持つ者だけが文章や絵、映像を発表できる時代は終わり、誰もがネット上で自己表現を出来る時代がやってきました。

UGC（ユーザージェネレイテッドコンテンツ）の波は、今世界を席巻しています。UGCから生まれた小説は、一般大衆からの批評を取り込みながら内容を充実させて行きます。受け手と送り手の情報の交換によって、UGCは量的な評価を獲得し、爆発的にその数を増やしているのです。

こうしたUGCから生まれた小説群を、私たちは「新文芸」と名付けました。

新文芸は、インターネットによる新しい「知」と「美」の形です。

2015年10月10日
井上伸一郎

1巻即重版の人気シリーズ!!
魔物の魔石を食べて強くなれるのは、この世界でオレだけ！
コミックス好評発売中!!
作画：菅原健二
魔石グルメ
結城涼
ILL. 成瀬ちさと
カドカワBOOKS
転生特典のスキル【毒素分解EX】が地味すぎて、伯爵家でいびられるアイン。しかし母の離婚を機に隣国の王子だと発覚！　しかもスキルのおかげで、魔物の魔石を食べてその能力を吸収できる体質らしく……？

魔石グルメ
魔物の力を食べたオレは最強！